庫

湘南夫人

石原慎太郎

講談社

目次

湘南夫人

一

あの出来事はまだ彼等四人の間では余韻を引いて残っていたようだ。加納《かのう》家での気の合った四組の夫婦たちでの麻雀《マージャン》パーティの後のお茶の席で竹田《たけだ》夫人が、北原《きたはら》の先々代の北原剛造《ごうぞう》が何の風の吹き回しでか気に入ってしまい名流の婦人たちに呼びかけて作った美人のピアニスト、木《き》の宮育子《みやいくこ》の後援会のその後のなり行きについて訳も知らずに口にしてしまった。気付いた加納夫人がその話題に旨《うま》く水をさしてくれ救われたが、北原の家に戻ってのブリッジの手慰《てなぐさ》みの間にも、何とも言えぬ大事な忘れ物を互いに思い出したような気まずさが感じられていた。

北原夫婦と野口《のぐち》夫婦互いに伴侶を入れ替えたペアで進められていたゲイムにも何となく身が入らずに退屈に感じられ、それを察したように野口良子《よしこ》が、

「もっと刺激のあるゲイムにしましょうよ、そうよポーカーがいいわよ」

と言い出しキャッシュではなしに碁石を一つ百円に見立ててのゲイムが始まりはしたが、当家の主人の志郎《しろう》の持ち出しで積む石の数は多くて一場せいぜい二、三千円どまりの賭け金で、結果は志郎の一人勝ちになっていった。

「そうよねえ、あなたが一人勝ちするのは当たり前のことだものね」

豪壮な畳敷《たたみじ》きならば七、八十畳もありそうなサロンを見回しながら良子が言った。

「でもこれでもし勝彦《かつひこ》さんがいたら碁石を鷲掴《わしづか》みにしていたかもしれないわね」

思わず口にした言葉の余韻に彼女は自分で気付いたように紀子《のりこ》に向かって肩をすくめてみせたが、それを救うように、

「いや僕にはとてもそんな真似は出来そうにないな」

志郎も肩をすくめながら言った。

「そりゃそうよねあの人がいたら、このお屋敷だってもうどうなっていたかわかりゃしないわよ」

横に座っている紀子を気遣ったように良子が口を挟んでみせた。

「そりゃまあそうだろうな僕にはとても彼みたいな芸当は出来ないからな」

また肩をすくめてみせる志郎に、

「でなけりゃ会社はとっくになくなっていたよ」

野口建士《たけし》がさりげなくおもねってみせた。

「しかしそれにしても紀子さんあなたも余計な苦労をさせられたものだよな。僕にもいささか責任はあるがね、あのコンサートであなたを見初《みそ》めなければあなたの人生ももっと違ったものだったかもしれないね」

「さあどうかしら私は今十分幸せでいますわ」

傍《かたわ》らの夫の志郎を見返りながら、かわすように紀子は言った。

「ならば結構だが、勝彦君がいたら北原の会社は潰れていたかもしれないな」

志郎におもねって言った野口を封じるように、

「いやそれは違うよ。彼には彼にしか出来ぬ大胆な思い付きがあった、僕なんぞ及ばぬね。あれはやはり先々代からの血筋だったろうな、この家を造りなおしてしまった先代にしてもだよ。それに比べれば僕なんぞ血筋としたら傍系だものな」

さりげなくそれまでの会話を封じるように言った志郎に誰もが小さく頷《うなず》いた。あの加納家での小さな出来事以来続いてきた気まずい沈黙のままの会話はとぎれ、誰もが救われた気持ちでいた。

「いや血筋というなら君だってれっきとした北原家の血筋を引いているはずじゃないか、だからこそ先代も君を立てて息子の勝彦君を支えさせていたんだ。その君がいたからこそあんな出来事の後に会社も倒れずにこれたと思うよ」

言われて黙ったまま肩をすくめてみせる志郎を周りは黙って見返すこともない。沈黙を救うように、

「それにしても勝彦さんはなんであんなことになったんでしょう」

ことさらに慨嘆してみせた良子に、

「それを今さら言ってもらいたくないな。こうして今立ち上っている僕たちにもね」

傍らに座っている紀子を顧みながら相手をはっきりと封じるように志郎が言った。

「彼はまともな取引のために向こうに出かけ、その相手とわざわざポルトフィーノに行ったんだ。そこで誰の紹介で誰に会ったのかは知らないよ。ただ仕事の相手の身柄からして相手の別荘に集まっていた手合いの顔触れは想像出来るさ。皆コートダジュールに巣くっているような高級な人種たちだったのだろうさ、だから車を飛ばしてモンテカルロのカジノ遊びに繰り出したんだろうさ。彼はこの国でもマセラティを乗りまわしていたからね。目と鼻の先のモンテカルロまでの街道は崖っぷちを行く際どい部分もあってね、僕も昔船旅でポルトフィーノに寄って車でモンテカルロまで行ったことがあるが、ハイウェイもある訳ではなしに手狭な未整備な道だったと思うな。どんな形で起きた事故かは知らないが偶然に乗せていた客がたまたま名の知れたモデルだったから事故が余計に注目されてしまったということだよ。もっとも彼が向こうの社会でも男として十分にもてた奴だったことは否定しないがね、しかし彼と彼の運転のせいで死んだ女性との関わりは周りが憶測していたものとは全く違うと僕は思うな」

言いきった志郎に、

「本当にそうかしら」

肩をすくめて質《ただ》した良子に、

「彼は紀子を本当に愛していたからね。君の彼へのかねがねの気持ちはとてもおよばないほどね」

傍らの紀子を見遣《みや》り、良子を見据えて志郎は言い放った。

ぎこちない沈黙の中で、

「今さら隠しても仕方ないことだろうぜ、君の勝彦への気持ちを知りながらこの紀子を勝彦に紹介して結びつけたのは君の亭主の野口なんだからね」

志郎に言われて口ごもる良子に、

「今さら蒸し返しても詮《せん》ないことだろう、だって今はこうしてお互いに旨く収まってここに座っているんじゃないか。さらに加えて言えばこの俺も前からこの紀子には惚《ほ》れていたんだ。先々代の剛造さんに言われ先代の泰造《たいぞう》さんが俺を拾い上げ勝彦を支えさせるようになってから、紀子は俺にとって眩《まぶ》しい以上の女だったのさ」

「ということは君はあの勝彦君の起こした事故をどう受け取ったというのかね」

すねた口調で問うた野口に、

「俺にとってはまさに晴天の霹靂《へきれき》と言うしかないな」

「そして君は今ここにこうして収まっているということだよな」

「それしかなかったと思うよ。俺の他に誰がこの紀子を引き受け勝彦が引き継いでいた北原の会社を引き受けられたと思うかね」

言いきって皆を見回した彼に向かって、

「そうよ貴方《あなた》が引き継いでくれなかったらこの家も北原の会社ももう在りはしなかったかもしれないわ」

うつむいていた身を起こし胸を張るように皆を見回しながら紀子が言った。

それに気おされたように、

「ま、それは僕も認めるよ、君にそんな才覚があったとは僕も知らなかったからな」

「それは違うわ、勝彦も生前から志郎さんを随分頼りにしていたのよ」

「なるほど、そして陰の人だった君は一挙両得ということになった訳だ」

からむように言った野口に、

「まあそういうことにはなるだろうな。この家では僕は出自からして陰の人間だったのさ。それが勝彦のおかげで今こんなことになりはしたがね」

肩をすくめてみせる志郎に、

「あなた、そんなおっしゃりかたは止めてくださいな」

周りにあらがい挑むように強い声で言った紀子を皆が思わず見直した。

その場を救うように、

「それにしてもこの家の先々代の音楽趣味はこの家の歴史を変えたというか形作ってしまったと言えそうだよなあ」

広大な屋敷内をあらためて見回しながら野口が呟《つぶや》いてみせた。だがそれも皆の気まずい沈黙をどう救いもしなかった。

「いやこの俺もその一役は買って務めたことにもなりそうだからね」

今更言わずとも誰しもが知っているいきさつに誰ももう頷きもしない。白けた沈黙を救うように紀子が、

「木の宮のおばさまが亡くなってからもう何年になるのかしら」

呟いてみせたが答える者もなしに、それにまつわってからむように野口が、

「しかしなんだね、僕は会ったことはないがあれだけの仕事を一代でやってのけた人がこと音楽にあれだけの理解というか、ともかくも木の宮育子《いくこ》なる人にあれだけの熱を入れるというのは僕ら音楽関係の人間からすると有り難くはあ

るが、不思議というか奇跡のような気がするね」

「いえそれは違うわ、あの方はお名前のように剛毅《ごうき》な方でしたがとても繊細でいらしたわ」

争うように言った紀子に、

「そうか、あなたは彼のためにピアノを弾いてみせたこともあったそうだね」

野口を封じるように、

「俺が今かく在るのもあの人のお陰だよ。ま、あの人は言ってみれば愛国者なのかもしれないな。あの時代に俺のばあ様がショパンのコンクールで日本人で初めて優勝したのにひどく感動して彼女のためにああしていいパトロンを集める援助に乗り出したのも彼女が同郷の人というせいもあったろうが奇特と言えば奇特な話だよな、俺もまたあの人のお陰で今かく在るということさ」

紀子に向かって頷いてみせる志郎に彼女は拒むように軽く肩をすくめてみせた。

ことの弾みで会話が互いに際どい所にさし掛かっているのに気付いてか気付

かずにか、駄目を押すように、

「それにしても我が三代目は出来が悪かったのかどうか、いや彼も先々代の偉さに歯向かおうとしたのかどうか」

皆におもねるように口にした野口をたしなめるように、

「いやそれは違うな、彼は彼で仕事に関してはシャープな奴だったと思うよ。それは誰よりもこの俺が良く知っている。でなけりゃ俺は本気で彼に手を貸して来はしなかったよ。彼があの時フランスまで出かけてまとめようとしていた企画には君は知るまいが俺も賛同していたのだから。それがあんな結果になるとはまさに神のみぞ知るということだな」

叱《しか》るような強い目で野口を見返しながら言い渡した志郎を皆は固唾《かたず》を飲むような眼《まな》ざしで見ていた。

「いやしかし、あんたがこうしていてくれるお陰で我々も救われたよ」

言い返した野口を無視するように志郎は肩をすくめてみせた。沈黙を見かねたように、

「コーヒーでも入れさせましょうか」

紀子が言ったが、

「いやもうそろそろ退散しようぜ」

細君の良子を促して野口が立ち上がった。

帰りの車の中で、

「あいつもうすっかり北原家の当主気取りだな」

吐きだすように一人ごつ野口をうかがいながら、

「でも紀子さんだってあれでお幸せになれたんじゃないかしら。二人を見ていると私は安心出来るような気がしてよ」

何故か不機嫌な亭主を気遣ったように言った良子に、

「馬鹿言え、あいつはもともと彼女に気があったんだよ。死んだ勝彦もそれを知ってはいたさ」

「そんなっ」

「そうなんだよあいつは自分の出自からして元々北原の家も会社ものっ取るつもりでいたのさ」

「まさか」

「その証拠にあいつは前からM&Aを仕掛けてきていたんだ」

「それはどういうこと」

「君ら素人《しろうと》は知るまいが北原産業という多角経営の総体は母体の北陸の鉄道を含めて、建設事業用の機械産業から観光開発事業まで企業の種目は広範囲なものだが、それらのすべての会社を一括してコントロールする北原ファイナンスという持ち株会社が上で動かしているんだ。これは先々代の北原剛造の知恵でね。会社全てを北原一族が支配する仕組みになっているんだ。その証《あか》しに北原ファイナンスの株は一つも株式市場には出回ってはいないだろう。例えばサントリーとか竹中《たけなか》工務店のようにね。これは利口なやりかたで会社の経営に外から全く雑音を入れさせないですむ。つまり全てワンマン北原剛造の一存ですむ。だから北原ファイナンスの株の持ち主には剛造さんの意にかなった者ばかりが選ばれていた。僕もその一人だが、他にも遠い縁者とか経営問題には疎《うと》い素人ばかりだよ。そこにつけこんで志郎は前からそうした連中の株を買い取って自分の持ち分をふやしてきていたんだ」

「勝彦さんの分は」

「そりゃ当然彼が死ねば紀子が受け継ぎ亭主の志郎の分になったろうさ。あいつがあんな事故で死ぬとは誰も知る由《よし》はなかったろうからな。勝彦の後釜に志郎が収まれば紀子の持ち分も右から左だろうしな。これで北原の当主は木の宮志郎改め北原志郎にあいなったという訳さ。となってみれば北原の先代も先々代も彼らの血筋からすれば得心ということにはなろうからな。北原の先々代は北原の家に関しては一切他人の手に任すまいとしたのさ。だから北原に関わりある会社を全て統合して一族で仕切るために傘下のすべての企業の株を独立して一括保有する会社を別個に造りあげた。ということでこの俺まで紀子さんとの関わりで、わずかだが北原ファイナンスの株を持たされているよ。まして北原志郎は出自からして当然のことだろう。いいかい彼の本名は木の宮志郎、北原先々代の北原剛造が見込んで可愛がった木の宮育子が一時結婚していたのは、天才とも言われていたが夭折《ようせつ》してしまった作曲家の篠田徹《しのだとおる》だ。その篠田と育子の間に出来た木の宮孝子《たかこ》と先代の泰造が結ばれて、その間に生まれたのが木の宮志郎だ。つまり死んだ勝彦の後釜に座った北原家の当主志郎その人ということさ。幸か不幸か先代の泰造さんには勝彦の他に男の子はいなかった。一人娘の晴子《はるこ》さんだけだった。当然先代とすれば異母兄弟の志郎を勝彦のためにもとりたてて育てたろうな。そして勝彦があんな事故を起こして死に、木の宮志郎は名前を改めて北原志郎として収まった。俺が思うに彼は木の宮志郎の頃から紀子さんには気があった、というよりも勝彦に嫉妬していたと思うよ」

「あなた何故《なぜ》そんなことがわかるの」

咎《とが》めて質した良子に、

「それはさ、実はこの俺も紀子さんに惚れていたからだよ。先代の泰造さんと結ばれていた木の宮孝子も母親の才を継いで優れたピアニストだった。しかし先代の泰造さんが彼女を母親のように世に出すことを嫌がった。ぞっこん惚れていたせいなのかね、その代わりに塾を構えて門弟を教えて育てることだけは許していた。勝彦と結婚した紀子さんはその弟子の一人だ。彼女には才能があった。それを見つけたのはこの俺だよ。ある時俺のいた音楽事務所に地方のオーケストラから依頼があって、ある町の大きな催しものに際して演奏会を開きたいが企画している演目のピアノ協奏曲のための適当なピアニストが見つからないということで、俺が彼女を推薦して送りこんだ、大成功だったよ。その彼女をこの俺が北原の家に食い込むつもりで勝彦に紹介して取り持ったのさ。おかげで北原の金で音楽事務所も構え、俺もいっぱしの音楽評論家なるものになりおおせ、君とも出会って北原の領地の一角に家をもたせてもらえたがね」

「そんな言いかたは止めてほしいわ、私は今の暮らしに満足させてもらっているわよ。あなたは今以上に何を望むのよ」

「しかし君が実は惚れていた勝彦はあんまり君には気はなかったみたいだな。あいつは女に関しては結構気の多い男だったからな」

「そんな言いかたは止めて、紀子さんにも気の毒だと思う」

「だって彼女には勝彦の後、あの男がちゃんといすわっているじゃないか」

「でも紀子さんは今は幸せでいると言っていたじゃないの」

「会社も一応安泰じゃあるがね、あの屋敷もあのまま残っちゃいるが」

「それ以上何を望めと言うのよ」

「俺は彼女をもう一度音楽の世界にきちんと戻してやりたいと思ってるよ。その気になれば彼女はお師匠さんの木の宮孝子よりも優れた演奏者になれるかもしれないけどな。もっとも彼女の連れ合いの志郎には関わりないことだろうけど、あいつは今勝彦から受け継いだ会社を先代や先々代以上のものにしたてようとしているつもりじゃないかな」

「とすれば北原の創設者の先々代以来の北原家の会社の仕事に関する男の直系の血筋は結局勝彦さんで絶えてしまったということなのね、はかない話ね。ならばこの先私たちの立場はどんなことになるのかしら。私この湘南《しょうなん》の地をはなれるのは嫌だわ、今さら東京みたいなところに戻るつもりはないわ」

「あいつが会社を駄目にしてしまわぬ限りその心配はなかろうな。根限《こんかぎ》りいっぱいのことはやってはいるからな。俺たちをここから追い出す所存はなさそうだな。まずは北原の新しい四代目の健勝を祈ることさ。君とて彼に嫌われている訳でもあるまい、いやその逆か。君は勝彦が死ぬ前から、あの志郎が紀子さんと結ばれてしまう前にも彼が好きだったのじゃないのかね」

言われて彼女は目線を外すように肩をすくめてみせた。

「もう今さら余計なことは言わない方がいいわ、お互いのためにも。とにかく志郎さんに元気でいてもらいたいわ、北原の家の男たちは先々代からの血筋なのかしら何かとはらはらさせられることが多いでしょ、勝彦さんにせよあの志郎さんにしても思い切りがよくてはらはらさせられることがあるでしょ」

「いや北原の男の血筋は勝彦や志郎で終わりじゃないかもしれないよ」

「明《あきら》のことね」

「風変わりな奴だがね、なんで海上自衛隊なんぞに入ったのかしれないがわりと優秀らしいぜ。いつまで兵隊で居るつもりかしらないが彼がそれを止めて戻ってきたら志郎が彼をどう扱うかでますます俺の出番は薄くなるかもしれないな」

「あなた北原の仕事の中で何かを望んでいるの」

「まあな、俺は今のただの音楽評論家なんぞでいたいとは思わない。評論だけで何かが新しく生まれて来る訳じゃなし、そりゃあ俺の功績といえばあの頃誰も気付かなかったジョン・ケイジをこの国で評価し表に出しただけのことさ。現代音楽なんぞ聞き手も少ない。所詮はゲテモノだからな。俺は男として何かもっと実のある仕事をしたいのさ」

「それはどういうこと」

「北原の家が抱えている仕事のどれでもいい、俺が自分でできる実のある仕事さ」

「その人今どうしていらっしゃるのかしら」

「この間紀子さんが心配して言っていたが、なんでもイラク戦争のために連合軍と一緒にイラクに派遣されていったそうだぜ」

「危険はないんですか」

「そりゃあるだろうさ、何しろ得体の知れぬ相手との戦争だよ、勝彦と同じ血筋を引いているなら結構向こう見ずの奴かも知れないな」

「私一度先代の泰造さんのお誕生日の集まりで目にしたことがあってよ」

「へえ、どんな奴だったかね」

「いつも船に乗っているせいかお顔の色が黒くって、周りの誰とも違ってとっても逞《たくま》しい感じの人だったわ、それにあの紀子さんがお祝いのために弾いたピアノの演奏にとても感動したみたいでいつまでも大きく拍手してたのを覚えているわ」

寝室に持ち帰った寝酒のアルマニャックをゆっくりすすっている夫の前で窓のカーテンを開けてテラスに出てみた紀子が嘆声をもらし、

「あなた今夜は良く晴れて海がよく見えるわ、遠い大島の明りまでが見えてよ。あの光っては消える明りは何かしら」

振り返って言う彼女に、

「ああ、あれは大島の風早《かざはや》の灯台だよ」

「大島ってどんな所かしら」

「危ない島だよ」

「何故」

「火山があって時々噴火もする。ずっと以前に大きな爆発があって確か島民全員が東京へ避難させられたこともあったな、でも綺麗な面白い島だよ」

「一度行ってみたいわ」

「ああ、江ノ島《えしま》のハーバーにあるうちの船で行けばすぐだろうな。そういえばあの船、彼がいなくなってから誰も使わなくなったなあ」

「あなたがいらっしゃったら」

「当分そうもいかないよな」

「私、ぜひ行ってみたいな。この海を渡って」

先々代の剛造は軽井沢《かるいざわ》などを嫌って鎌倉《かまくら》の七里《しちり》ヶ浜《はま》を見下ろす台地を選んで

一族全員が一緒に住めるように五千坪もの土地を買い占めて邸宅を造った。北原邸からは東の三浦《みうら》半島を含めて右手には江ノ島、さらに遠くは富士山や伊豆《いず》の山並みまでがよく見えた。

夜の海をみはるかし夫を振り返りながらあまえたように言う彼女に、

「君もう寝ようぜ。今夜はくたびれたよ」

「私も何故か。野口さんたち今夜はなんだか変だったわね。あなたと何かあったんですか」

「いや別に。ただ彼はこの僕がここにこうしていることが気にいらないんだろうな」

「何故」

「彼は勝彦君とは仲がよかったし、それに君を勝彦君に紹介したのも彼だからな。そして彼も実は君に惚れていたんじゃないのかね」

「やめてそんなこと」

「男には男の焼き餅《もち》もあるからな」

言いながら彼は手をのべ紀子の肩を抱くと乱暴なほどの身振りで紀子を引き寄せた。そしてまるで初めての時のしぐさのようにいきなり彼女の唇を強く吸い胸を開いた。そしてその夜の交わりはいつになく激しいものだった。抱き敷かれながら彼女は驚き怯《おび》えたように何度も真上の彼を見返した。

互いにいきついた後、

「何故、何故なの」

喘《あえ》ぎながら問うた彼女に、

「いいんだ、これでこそいいんだ。いいかい君は必ず僕の子供を産んでくれよな」

願うような声で言う夫に戸惑いながら紀子は応えて強く抱き締め返した。

北原家の先々代の北原剛造は生まれ故郷の北陸の二つの中都市を結ぶ鉄道を創設した。その効果で二つの都市を結ぶ経済共域が発展し、中間地点の原野に諸般の開発事業のため世界でも抜きんでて優秀な器材を生産する企業が大々的な生産拠点を設置し、かなりの規模の企業城下町が誕生し発展していった。

インフラの整備を急ぐ内外のバイヤーや技術者たちが足しげく来訪しブームタウンの様相を呈する繁栄ぶりで、それに関連するホテルや観光関係の施設も北原一族が独占して仕切り、ある種のコンツェルンを形成するにいたった。

そしてその起点ともなった器材メーカーの海外でのセイルス拡張の権利にまでも二代目泰造が手を延ばし、北原一族の事業の展開は国際化とともに揺るぎのないものになっていった。

そして寒さの嫌いな剛造は一族の拠点を温暖な湘南に構えた。皇室が避寒のための別荘を湘南の一角の葉山《はやま》に御用邸として構えたのに倣《なら》って政府の元勲や他の財閥たちが湘南一帯にそれぞれ広大な別荘を構えるのを眺《なが》めて、剛造はそれらから離れた土地を探していた。鎌倉からやや離れた当時はほとんど無人だった、稲村《いなむら》ヶ崎《さき》から江ノ島まで連なる広大な土地を見つけて購入し、一族のための居住地に仕立て上げたのだった。

剛造が湘南の地を一族の本拠として選んだのは、何よりもその温暖さと湘南という地名のいわれの深さにあった。もともと湘南という地域の規定は漠然としていて、葉山や逗子《ずし》一帯から日本の三大古都鎌倉を経て鵠沼《くげぬま》から大磯《おおいそ》、二宮《にのみや》、かつては関東一円の覇者だった北条氏が居城を築いた小田原《おだわら》辺《あた》りまでを含む、温暖で豊饒《ほうじょう》な相模湾を囲んで巡る一帯の呼称とされていた。古い文献では相模の国の南ということで相南とも書かれていたが、ある識者が支那《しな》の景勝地湖南《こなん》省の湘江《しょうこう》の名に因《ちな》んで湘南と名付けたという。剛造はそれが気にいって湘南の地の真ん中に位置する七里ヶ浜を見下ろす高台に居を構えたのだった。

それが引き金になって彼等一族に倣い周囲に何軒か瀟洒《しょうしゃ》な別荘も立ち並ぶようになった。七里ヶ浜を見下ろし、右手には江ノ島さらに伊豆半島も望み、晴れた日には遠く伊豆の大島も見え、夜には大島の西端の風早の灯台が点滅して見える絶好の地だった。

剛造が最初に建てたのは瀟洒な木造の数寄屋《すきや》造りの屋敷だったが、二代目の泰造の時代に彼の趣味から当時一番先端的と言われていた若手建築家を見込んでコンクリート造りの、それもコンクリート打ちっぱなしという当時としては画期的な豪壮な近代建築に様子変えしてしまった。

大理石張りの床の玄関正面の中央には二階に通じる幅広い階段がそびえ、その横手にはベネチアに特注した豪華なシャンデリアが三基吊るされた宴会用のサルーンが構えられていた。

サルーンの正面に大幅のラプラードの風景画が、そして対面する壁にはマネの人物画が掛けられている豪奢《ごうしゃ》な建物だった。


その年の秋のある日曜日、野口が声をかけてきて野口夫妻と北原夫妻の四人で鎌倉の東の外れに近い鎌倉宮の境内で行われる薪能《たきぎのう》を眺めに出かけた。小広い境内に舞台が置かれていて、舞台の四隅の地面にかがり火が設けられている。演目は恒例の狂言の一つで何やらの神事物だったが取りの演目は『巴《ともえ》』だった。志郎がふと気がつくと舞台のある地上は既に夕闇に包まれてはいたが仰いだ空はまだ夕映えの青空が残って見え、その中をジェット機が白い飛行機雲を曳《ひ》きながら西に向かっていた。それは今この地上で行われている古い伝統の行事とのコントラストで何とも言えぬ強く鮮やかな印象で目にとまった。

『巴』は謡の文句の節々は確かに聞き取れなかったが、愛する武将の義仲《よしなか》と戦いの中で引き裂かれて死んだ女武将の巴が義仲の霊に縋《すが》って嘆く女心が、緩慢な所作《しよさ》の中からも溢《あふ》れ伝わってきて心を打った。

帰りの車の中で、

「巴御前というのは男まさりの人だったのでしょうに、なんであんなに義仲に未練にとり縋って悲しむのかしら。そんなに愛しあっていたのね」

一人ごちた紀子に、

「いや、それはね最後の戦の中で義仲が無理やり彼女をひきはなしたんだ」

野口が言った。

「どうしてそんなことを」

「ものの言い伝えではね、義仲は戦《いくさ》に敗れて死ぬのを悟っていたから、誰だろうと女と一緒に死屍《しかばね》を敵に晒《さら》すのをきらって巴を無理に遠くに追いやってしまったんだそうな。粗暴な男と思われているが彼には男としての見栄というかマッチョがあったんだろうね」

「なるほどなあ」

慨嘆して頷いてみせた志郎に合わせて、

「あなたずいぶんくわしいのねえ」

感心して言う紀子に、

「いやあ僕も暇《ひま》だからね」

「それにしてもあなたからいいことを聞いていっそうお能の良さがわかったわ」

「いや、あなたにそう言われれば嬉しいよ」

肩をすくめて言いながら野口が志郎を振り返る。

「志郎さん今夜あの催しを見て思ったことがあるんだが一度相談にのってくれないかなあ」

「なんだい」

「いや今度本気でうちあけるよ、ぜひ」

車が稲村ヶ崎にさしかかった時、

「私この峠《とうげ》を越えるのがとても好きなのよね」

紀子が言った。

「ここを過ぎると海が一望できて素晴らしいじゃないの」

「確かにね、昔新田義貞《にったよしさだ》軍が北条《ほうじょう》を滅ぼした時もこの峠を越えて鎌倉に攻め入ったんだからね」

野口が相槌《あいづち》を打った。

「それとも一つ西から来て江ノ島を過ぎての腰越《こしごえ》岬だよね。義経《よしつね》も兄貴の頼《より》朝《とも》にそこで鎌倉入りを阻まれて悲惨な目に遭わされたんだからな。そういえば鎌倉というのは三方を山に囲まれた町なんだよな。東には朝夷奈《あさいな》の峠、北鎌倉との境にも何々坂と、戦の時代には攻めにくい、守るには手頃な狭い地形なんだよね」

「そんなところになんで鎌倉五山《ござん》を含めて沢山の寺や神社があるんでしょう」

「いや神社は頼朝の移築した八幡様《はちまん》くらいで、あとは円覚寺《えんがくじ》や建長寺《けんちょうじ》といった寺がほとんどじゃないかな」

「私ここに住んでいながら余りお寺のことを知らないわ」

「そりゃ勿体《もったい》ないな。なかなかいいお寺がいくつもあるよ。京都のなまじ観光ずれした寺よりも鎌倉の寺の方が落ち着いて悠然としていると僕は思うが。なにしろ鎌倉は日本の三大古都の一つなんだからね」

言った野口に、

「あなたなんでそんなにお寺にくわしいの」

紀子に問われて、

「僕はごくごく暇なもんでね寺回りするくらいしか用事もないからな」

すねたように嘯《うそぶ》いてみせる野口に、

「なら今度いつかいいお寺案内してくださいな。今夜だってとてもいいものを見せていただいたと思うわ。ねえあなたいつかそうしましょうよ」

夫にもちかけた紀子に、

「そりゃ悪くはないな、とにかく今夜はいいものを見せてもらったよ。俺たち折角この時代にこの町に住み着いているんだからな。さっきお能の始まる前に見上げた高い空をジェット機が飛んでいくのを見て何か感じるものがあったんだ。あの空の下の地上で俺たちはかなり贅沢《ぜいたく》な思いをしているのだなあと思ったね」

「ならばぜひ、また野口さんに案内してもらって、どこかいいお寺を尋ねてみたいわ」

自分の肩で志郎の肩を揺すって言う紀子に、

「そりゃ悪かないな、ならばさしずめどんなお寺にするのかね」

問われてすぐに野口は、

「それはまず円覚寺だろうな」

「え、なぜあんな寺にするのかね」

問うた相手に、

「君もそう思うだろう、あんなありふれたところと」

「だって駅のすぐ前でしょうに」

とがめて言う紀子に、

「と思うだろう。しかしあの寺はとても奥が深いんだよ。あそこの一番奥にあるお堂は小さいが国宝なんだよ。そして行けばきっと興味深いものが見られるはずだよ。それは時によるが、多分ね」

「何、何それは何なのよ」

妻の良子までが聞き耳をたてて問うた。

「まあ、それはその時のお楽しみにしておこうよ、行けば必ず目にするものとは限らないからね、第一こちらから頼んで見られるというものでもないんだよ」

「そんなこと言われたらいっそう行ってみたくなったわ」

はしゃいで言う紀子に「しぃっ」と唇に指を立てて塞《ふさ》ぐと、

「あそこへ行ったらまず静かに音をたてないことだよ」

気をもたせるように野口は女たちをたしなめてみせた。

「へえ、あそこにそんな何かがあるのかねえ」

首を傾《かし》げてみせる志郎に、

「それは請け合えるね、知らぬ者は知らぬというだけのことさ」

勿体つけた野口に、

「なら行きましょうよ絶対に」

紀子がはしゃいでみせた。

二

次の週の中頃、人気の多い休日はさけた四人は電車に乗って一つ先の北鎌倉駅で降りた。改札を出てすぐ左手の道で線路を横切るともう目の前が総門だった。総門をくぐると巨木の林立する広い境内が開け、しばらく行くと右手に小《こ》体《てい》な民家が二つ三つあった。その中の一軒を指差して、

「あそこに昔小林秀雄《こばやしひでお》さんと仲のよかった高元《たかもと》という右翼というか海軍の特務

機関の元締めが住んでいたそうだよ」

野口が言った。

「へえ、小林秀雄って誰」

問うた良子に肩をすくめ、

「まあ、もう君らは知らないだろうなあ。僕にとっては神様みたいな人だったけどな」

「神様って、どんな」

「君は知らなくてもいいよ」

疎《うと》ましげに言いはしたが、それでも、

「俺の音楽批評はあの人のお陰もあるからなあ」

一人で慨嘆《がいたん》してみせる彼を残りの三人はただぼんやり眺めていた。

「それよりもその国宝のお堂ってどこなのよ」

「ずっと先だよ、奥の奥だからすこし上りになるよ」

つづらな細い道を上った先に小広い台地があり、野口が黙って指さした奥に古びた平屋の木造の建物が見えた。

「あれが坊さんたちの行《ぎょう》をする座禅のお堂だよ」

言われて向かおうとする皆を手で制して何故か唇に指を当て、右手のこれは建て直したらしく見える誰かの住家らしい家の庭先に足をしのばせて近づきながら野口がみんなを誘った。そして立ち止まり殺した声で「いたっ」とみんなに告げた。息を殺して覗《のぞ》くと建物の縁先に僧衣をまとった男が一人縁台に両手をつき頭を床におしつけたままじっと動かずにいた。

そのまま後ずさりして奥のお堂の見えるあたりまで戻ると、

「あれは何、あの人何をしていたの」

質《ただ》した紀子に、

「庭詰めだよ」

「どういうこと」

「寺の老師に入門を頼むためにゆるされるまでいつまでもああしてあそこで動かずにねばって待つんだそうだよ、あれも厳しい行の一つなんだろうな」

「へえ何のためにそこまでして、考えられないわ私」

呟《つぶや》いた良子と顔を見合わせ頷く紀子に、

「人間はそれぞれいろんな生き方をさがしているということさ」

投げ出すように野口は言った。

それに和したように志郎が、

「そうだなあ、人間の人生なんて自分でもわかるようでわからないからなあ」

一人ごちた。

それに合わせるように野口も、

「俺もそうだよ、もうそろそろまともに手前の人生を考え直す時期にさしかかってきていると思っているよ」

肩をすくめてみせる相手に、

「君がこないだ言いかけていたこともそれかい」

「ま、そんなとこだ。近いうちに君に頼みがある」

連れたちをはばかったように押さえた声で、しかし相手の目を見すえながら野口は言った。

最後に忍び寄った禅堂の扉の隙間から中を覗いてみた。十数人の僧形をした男たちが黙然《もくねん》として座禅を組んでいた。

「あの人たち何を考えているのかしら」

呟いた紀子に、

「これからどうやって本気で生きて行くかをだろうさ」

嘯《うそぶ》くように野口が言った。


それから数日して野口が北原産業の本社の志郎の社長室にやってきた。

「珍しいじゃないか突然に」

迎えて質した志郎に緊張した顔で、

「今日は君におりいっての頼みにきたんだよ」

「一体何かね」

「僕は独立したいんだ、男としてね。いつまでも北原一族の飼い殺しではいたくないんだ。それは君の好意には感謝している。しかしそれでいつまでもすむものじゃない。先代の泰造さんからの勝彦君、そして君のお陰で北原家は安泰だ、しかしそれでこの僕は男としてすむものじゃありはしまい。そこで僕なりの才覚で出来る仕事をしてみたいんだよ」

「ほう、でどんな」

「この前我々四人で薪能を見にいったよね、あの時感じて思いついたんだよ。あれはごく小振りでかぎられたものだったがしかし眺めた者たちにはある感動があったと思う」

「ああ、それは僕も感じたな、思いがけずにいいものを見せられたとしみじみ思ったよ」

「だろう。あれは誰が企画したものかはしらぬがあれを見て僕は強いヒントを得たんだよ。僕が企画したごく小振りな演奏会を地方の場所を選んで興行としてやっていきたいんだよ。能のような古典芸能と違って僕の専門のクラシックには根強い愛好者がはるかに多い。若者むきのジャズとは違って広く深く浸透している。そうした愛好者を捉えて地方の都市で小振りのコンサートを開けばあの能の鑑賞会よりもっと数の多い客が集まるはずなんだ」

「なるほど君らしい発想だな」

「だろう、そのために例の北原ファイナンスにもどした僕の持ち株を当座の資金として回してもらいたいんだよ」

「しかしそれで賄《まかな》えるものなのかね」

「だから、初めはごく小さな規模のコンサートにするんだよ。せいぜい二百から三百の観客めあてのものから始めるつもりだよ。ピアノにチェロとバイオリンといったトリオが最大で、レパートリーもありふれたベートーベンの『月光』とか『悲愴』それに『エリーゼのために』とかからね、それならごく一般の聴衆も呼べるしな」

「しかし場所はどこにするんだね。チャリティーという訳ではあるまいし」

「さすがに君だな、鎌倉という訳にはいくまいよ、まず洒落《しやれ》た音楽に興味を抱くような住民の多い町にあちこち持ち掛けるつもりだよ。それが決まったら次の相談に来るよ。ともかく僕としたら生まれて初めての大きな仕事だからね」

気負って頷くと野口は立ち上がり上司に敬礼するように深く頭を下げて出ていった。


半月ほどして気負った表情でふたたび野口はやってきた。

「決まったよ、例のコンサートを開く町だ」

「どこに」

「石巻《いしのまき》に決めた」

「あの東北のかね」

「そう、あそこも例の災害でやられはしたがなんといっても製紙で栄えた企業城下町だよ、中産階級の住民も多いし民度も高い。企業も町のキャンペーンに役に立つということで乗り気なのと、加えてね、地方では大手の保険会社が勧誘のキャンペーンにいろいろ手を尽くして著名な講師を呼んでの講演会まであちこちでしているそうだ。その地方の宣伝幹部に会ったら乗り気でね、現地での成果を見た上でこれからも協力してもいいという。コンサート会場は低めに見て三百席ほどのものにしておいたが多分かなり埋まるだろうということでね、レパートリーもベートーベンオンパレイドにしておいた」

「それはいいな、成功しそうな気がするな」

「だろう、これを試金石にしてこの国中に手をひろげてコンサートの新しいパターンを造りだしたいと思っているんだよ」

「成功を期待しているよ」

真顔で頷いてみせた相手に、

「ついては実は君にもう一つ頼みがあるんだ」

「うちのファイナンスの基金についてはは了承するよ」

「いや実はもうひとつ」

「何だね」

「紀子さんの手を借りたいんだ」

「それはどういうことかね」

「トリオを組むバイオリニストとチェリストはノミネイトしたが、もう一つ華《はな》がないんだよ、一応のプロだが僕の目からすると今ひとつね」

「それは無理だな、第一紀子はプロじゃないよ」

上げた手を振って言う相手に、

「いや君それは違うんだ。たしかに彼女はプロでありはしないよ。しかしその訳は君が思っているのとは違う。彼女をプロにしなかったのは彼女の師匠、つまり君の母親なんだよ」

「何故」

「紀子さんには天才だった君の祖母の木の宮育子の才が受け継がれていたんだよ。君の母親は同じピアニストとしてそれに嫉妬し彼女をプロとして世に出すのを押さえて自分のピアノ塾の助手にしていわば飼い殺しにしてしまったんだ。僕は紀子さんが先々代の剛造さんに請われて彼の前でピアノを弾くのを聴いてその才能に驚かされたんだ。そして君の母親の孝子さんに彼女をプロとして世に出さないのを咎めたらにべもなく彼女の才能を認めようとはしなかった。その言い分を聞かされて孝子さんには別の野心があることに気付いたよ。つまり紀子さんを北原の家に入れて、勝彦に嫁がせてもっと大きなものを手に入れるつもりだったということさ」

「なるほど、という事でいえば俺のダミーという訳かね」

「しかし勝彦は紀子さんの才能には何の関心もなかったようだ。でも君は君の出自の血筋からしても彼女の才能というか、女としての本質を理解というか受け入れてやれるはずだと僕は思っているよ。だから敢えてこんな申し出をしているんだよ。勝彦があんなふうにして死んでしまった後、彼女を真に解放してやるのは君の責任というか君の彼女への愛情の一番の功徳《くどく》と僕は思っているよ」

「なるほど、そう言われて俺は君に感謝すべきなのだろうかね」

「そんな皮肉の前にさりげなくでいいから、この僕からこんな申し出があったと伝えてくれよ。この僕を一人前の男にするために彼女として助けてやる気があるかどうかとでもね」

その夜の食事後、野口からの依頼について切り出した夫をまじまじ見返し、

「あなたそれどういう事なんです」

「どういうというよりもただそれだけのことさ。あいつにしても今の仕事ではさしたる収入もありはしまいし、音楽業界での経験を生かしての仕事の企画を思い付いたということだよ。彼にとっても良いことだと思うよ。それに君にとっても」

「私にとっても」

「そうさ、君の折角の才能を生かして助けてやれよ」

「私にそんな才能なんてありはしませんわ」

「いや、彼は専門家として君を高く評価していたよ、いつか先々代のために君がピアノを弾いてみせたことがあったそうじゃないか。それを聴いて彼はえらく感心したそうだぜ」

「そんなこともうずっと昔のことですわ」

「でも君は今でもよく弾いているじゃないか」

「あれはただ自分の楽しみのためだけですの。とても人様の前でなんて」

「少し練習してみて、それでも駄目というなら断ればいいさ。彼だって一応の専門家なんだからその上で相談したらいい。それとも君はもう一生ピアノをあきらめて捨てるつもりでいるのかい」

問い詰めた相手をまじまじ見返すと、

「あなたそんなに意地の悪いことをおっしゃらないで」

「ならば弾きなれた曲を試しに繰り返してみればいい。僕は君がピアノで蘇れば凄く嬉しい気がするけどな」

「あなた私は今でも十分に幸せなんです」

争うように言う彼女の手をとって引き寄せ、

「いいかい、この前も言ったようにやがて生まれて来る俺たちの子供のためにも君のすばらしいピアノを聴かせてやりたいんだよ」

言われ抱きしめられた彼の腕の中で、

「わかりました、あなたのためにならやってみるわ」

すがりなおして頷く彼女を励ますように抱き締め揺すぶりながら、志郎は言った。

「良かったそうしよう、これがうまく進めばうちの会社にとっても新しいイメイジが加わるよ。それを聞けば先々代も喜んでくれるだろうよ」

それから二月ほどして突然志郎のオフィスに野口がやってきた。向かいあって座るなり、

「君、彼女は素晴らしいぜ、俺の見込んだ通り今度のトリオはきっと成功するよ。中でも紀子さんは華だよ。トリオでのリハーサルを俺も聴いたが彼女の才能は完全に蘇ったぜ。やはり才は隠せぬものだなあ。君の母親が生きていて聴いたら俺の推測したように嫉妬もしたろうさ。この興行はかならず成功するよ。向こうからの連絡だと演奏するホールの三百の予約は全部埋まったそうだ。保険会社を巻き込んだのは成功の決め手だったよ。俺もこの仕事のこれか

らの展開に自信がついたよ」

　高ぶって語る相手を見返しながら、

「しかし紀子を巻き込むのはこれきりにしてもらいたいな」

「どうしてだ、あの人にとっても新しい人生が開けるはずだぜ」

「断っておくがそれは俺たち二人にとってどうでもいいことなんだよ」

　突き放して言う相手をまじまじ見返す。

「君は何か誤解しているみたいだよ、それは俺は彼女に惚れてはいたよ、しかしそれは彼女の才能を予感してのことだったんだ。この今になってそれがはっきりわかったよ。いいかね、君には分かるまいが評論なるものにたずさわっている人間の幸せは、己の感性が正しかったことを証《あか》されることなんだよ。彼女はそれを証してくれたんだよ。そしてこの試みが成功すれば俺の人生を新しく開いてくれるんだよ」

　それから十日後、紀子は結婚以来初めて四日間家を空け演奏会のために旅に出た。

彼女を送り出した日の夜志郎は結婚以来初めて宏壮《こうそう》な屋敷で一人きりの夜を過ごした。食事を終え寝酒を口にし寝室に入りカーテンを払ってテラスに出て海を眺めいつか紀子に質されて教えた遠い大島の風早の灯台の灯を眺めながら突然に感じる寂寥《せきりよう》感に彼はたじろいだ。それは何故か喪失感にも感じられた。それを封じるようにテラスから戻りさっき空けたグラスにまた新しい酒を注いで一息にあおった。

三日後の夜遅く紀子は野口に伴われて家に戻ってきた。中に入るなり、

「いやあ大成功だったぜ、三百人の定員のホールになんと四百人を超す客がおしかけてきてしまってね、つまりあの町の連中は本物の音楽に飢えていたんだよなあ」

興奮して言う野口の横に黙って立ったままの紀子に、

「君はどうだった」

労《ねぎら》って質した志郎に、

「君、彼女は完璧に復活したよ。リハーサルの時から予感していた通り彼女が華だった。見事なものだったよ。それでね、公演をサポートしていた例の保険会社からもう次の公演の依頼があったんだ。僕の予感は当ったね。これは手堅いビジネスとしてまかり通るよ。君の会社に何の迷惑もかけずにすむ算段は十分についたよ」

胸をそらして言う野口に、

「しかし紀子の出番はこれきりにしておいてもらいたいな」

言い放った志郎を見返すと、

「その件だがね、君は彼女を抹殺《まっさつ》するというのかね」

「抹殺とはどういうことだ」

「だって君、一人のすぐれた芸術家が折角復活しようとしているのに君はそれを抹殺するというのかね」

「さあそれは俺たち夫婦二人の問題だよ。言っておくが僕は彼女を手放すつもりはないんだ。彼女が旅に出たあの夜にそう思ったんだよ」

「それはとんだのろけだな」

「そう思われても結構だ。これは俺たち夫婦二人の問題だから俺たち自身で決めるよ。君はどうする、これからも彼に付き合って地方のコンサートで弾き続けるかい」

野口の斜め後ろで身を硬くして立っている紀子に質した志郎に、

「いえ私、野口さんには感謝していますわ、今度のお陰で私久し振りにピアノに向かい合えましたもの。でもそれで十分です。次のコンサートには他のどなたか私よりもっとすぐれた方を探されたらいいと思いますわ」

落ち着いた声ではっきりと答えた紀子に振り返ると、

「わかったよ、これ以上は言うまい。でもね紀子さん、あなたきっと後悔するぜ、あなたのその体の中に流れているピアニストの血を捨ててしまうことにきっと後悔すると思うがね」

肩をすくめてみせた後二人に向かって頷くと野口はそのまま踵《きびす》を返して部屋

から出ていった。

それから二月ほどして思いがけぬ客が北原家をおとずれてきた。案内したのは野口の細君《さいくん》の良子だったが、客は彼女の甥の川上《かわかみ》明だった。聞けば一月前に海上自衛隊を退官したという。

「私の家は子供もいて手狭でしょう、だからお宅のどこか一部屋を志郎さんの従妹《いとこ》のよしみで厚かましいけどお願いしたいのよ。あなたからも是非彼にとりはからっていただけないかしら」

請われて紀子も、

「いいと思うわ。お義父《とう》様の書斎もそのまま空いているし」

「もしそうしていただけたら有り難いわ」

その夜良子からの依頼をとりついだ紀子に、

「君さえ厭《いや》でなければいいじゃないか。兵隊上りなら番犬よりたよりになるだろうし。しかし噂ではかなり優秀でいいところまで行っていたみたいなのに、何で今更やめてしまったのかね。国にとっては惜しいことだろうにな」

「それは本人にお聞きなさいませよ。なんでも外国の戦争にまで駆り出されて随分危ない目に遭《あ》ったみたいですわよ」

それから間もなく明は北原家の本宅に寄宿することになった。

彼を迎えて間もなくの週末、北原邸で野口夫婦も交えて五人での夕食を持った。その席での会話の弾みに紀子が明に、

「明さん何で自衛隊をおやめになってしまったの。折角防衛大まで出られて立派におなりになっていたのに」

「それはまあ馬鹿馬鹿しくなったからですよ」

「それはどういうこと」

「あの組織の中で責任のある地位になればなるほどね。僕はまあ順調に昔で言えば少佐にまでなりましたけれど、そうなればなるほどね」

「随分危ないところにまでいらしたんですってね」

「ええ例のイラク戦争の時にはイラク、それに紅海の出口のソマリアの海賊退治にまで駆り出されましたけどね。それでつくづく馬鹿馬鹿しくなりましたな」

「それはどうして」

「それはねこの国の軍隊には交戦規定なるものが一切無いんですよ」

「交戦規定って何」

「つまり戦が始まってドンパチしてこちらの身が危なくなっても、どこまで本気で相手を痛めて殺してもいいのかさっぱりわからない。

イラクの時も一応後方支援という建て前で出かけたが、仕事は内戦で壊れた橋や道路を同僚の連合軍のために補修するというものだったのです。ところが、相手はそんなことにお構いなしに我々の駐屯地に迫撃砲を撃ち込んでくる。こちらは反撃も許されずに震えて毛布をかぶって寝ているだけ。そんな我々を誰が守ってくれるかといえば外国の軍隊ですよ。そんな状況に甘んじなくてはならずにノイローゼになって帰国してやめてしまった隊員が何人もいましたよ。

ソマリアの時も野党の誰かが海外派兵の憲法違反だと焚《た》き付けて一部の跳ね上がりが我々の行動の監視と称して現地までやってきましてね、彼らなりに船を雇ってつきまとっていたが現地の海賊に逆に彼らが襲われて我々に泣き付いてきて保護を求めてきたんだがこちらも足手まといでもてあまし、本省にどの程度の保護をしたものかと問い合わせたら、なんと警察法で五十日の禁固に該当する犯罪行為程度は応戦しても良いという返答だった。一体どこの国の軍隊に警察の法律にのっとって戦闘するなんて馬鹿な話がありますかね。訳のわからぬ理由で手足を縛っておいて、戦えと言われたら一体何をして自分の身が守れますかね。

これははるか以前からの問題で、遠い昔政府に交戦規定をもうけるべきだと主張した統幕議長が時の金丸《かねまる》長官という馬鹿にその発言は文民統制を損なうものだとして首を切られたものなんですよ。危険を覚悟して軍人になった者たちに戦の現場でむざむざ死ねという軍隊にはいる気はしなくなったということですよ」

一気に話して肩をすくめてみせる相手を誰もが唖然《あぜん》とした顔で見直すしかなかった。

「ということで僕は決心して退官したんですよ。その証しがこれです」

言いながら彼はポケットから何やら取り出してテーブルに置いて見せた。小さな拳銃だった。

「まあ何それっ」

驚いて見返す紀子に、

「御覧の通り拳銃ですよ、スウェーデン製ですがよく出来ていますな」

「そんなものどうしたの」

「僕に同情してくれた、我々の護衛についていてくれたスウェーデンの部隊の隊長が、丸腰のまま働かされて部下をゲリラに殺されたら隊長として死ぬしかないと慨嘆した僕に同情して、いざと言う時に一人で使えと友情の記念にくれたんですよ。小さいけれど口径が大きくてよく出来ている。あの国は小さいがなかなか立派でしてね、自前の戦闘機まで作っている。ねえ、これもよく出来ているでしょう」

置いたものを彼女にむかって押しやる相手に、

「貴方あぶないわよ、そんなもの持っていて」

「いやここでは使うことはまずありませんでしょうからね。寄宿のお礼にさしあげますよ」

「とんでもない、貴方それ、人の目につかないところに隠しておいてくださいな」

肩をすくめて言う彼女に代わって手を延べ、置かれたものを手にしなおした志郎が、

「なるほどこれはよく出来ているな、僕でも欲しいくらいだな」

「貴方そんなもの何にお使いになるのよ、冗談はやめて」

「しかしこれで君はうちの確かな用心棒ということだ。頼もしいよ」

言った夫と明をたしなめるように、

「貴方これは必ず人目につかないところにしまっておいてくださいな、よくって」

紀子が言い渡した。

「ならば君はこれからどうするつもりなんだね」

質した志郎に、

「昨今の情勢からすればこの国は自衛のために防衛費は大幅に増やさぬ訳にはいかんでしょうな。北原本社の実業は防衛にかなり関わりがあるでしょう。そんな中で何かのお役に立てればと思っていますが、私自身は長いこと浮き世離れしていましたから、戦惚《ぼ》けを治すのに時間をかけたいと思っております。その間この屋敷の庭の掃除でもさせていただきますよ」

さらっと言ってのける相手を席にいる全員が改めてまじまじ見直していたものだった。

それから半月ほどしての週末の夕食のおりに明が突然、

「出過ぎたことだったかもしれませんが伯父の野口から聞いていたので江ノ島のハーバーにあるこの家の船を見てきましたがね、あれはもったいないですな、大分長い間繋留《けいりゅう》したままでいたみたいで船底に貝がついたり汚れたりして肝心の速度が出ませんよ。聞いたら陸にスペイスがまだあるというから、さしでがましいが船台を頼んで陸置きにすることにしておきました。その方が船も傷みませんし、あれでは折角の船が可哀相ですよ。どうしてもっと使ってやらないのですか」

「いやあれは死んだ勝彦君が始めた趣味でね、僕はどうも海は苦手なんだが」

言った志郎に、

「あれだけの船ならよほどの時化《しけ》でない限り誰も酔いはしないし快適なものですよ、何しろ六十五フィートもあってフルスロットルなら三十ノットは出ますからね、高級車で陸の上を走るみたいなもんですよ」

「それならあの灯台の見える大島まで簡単に行けて」

質した紀子に、

「ああ一時間もかかりますまいね」

「それなら私行ってみたいわ、だって大きな火山もあるのでしょ。こんど野口さんたちも誘って行ってみましょうよ。こないだの薪能見物だって楽しかったじゃありませんか。あなただってまだあの島行ったことはないんでしょう。いつも遠くから眺めているあの灯台だってじかに見てみたいわ」

はしゃいで言う紀子をためすように見返し、

「そりゃ悪くないピクニックにはなりそうだな」

肩をすくめながら志郎も頷いてみせた。

次の週の日曜日早起きして五人は江ノ島のハーバーに集まり船の舫《もや》いを扱う役目のクルーを乗せて岸を離れた。明が予言していた通り快速の船は一時間たらずで大島に着き、明はわざわざ船を西に回し紀子が見たいと言っていた岬の断崖の上にそびえる灯台を真下から眺めさせてくれた。

「灯台というのは夜間海の上から眺めると我々船乗りにとっては有り難いものだけれど昼間見ればただの殺風景な建物です」

「でも夜に私たちの家から遠く眺めると何とも言えずにすばらしいものよ。今夜また眺めなおしてみるわ。きっと、何と言うのかしら、とても懐かしい思いがすると思うわ」

言った紀子に、

「へえあんたは案外詩人なんだねえ、よし俺も今夜家の庭からこの灯台の明かりが光るのを眺めなおしてみるよ」

野口が真顔で言いながら頭上の灯台を仰ぎ見た。

明は風早の岬から反転して船を島の北岸の岡田《おかだ》の港に入れて舫いをとると、五人は呼びつけたタクシーに乗り込み島の中央の三原山《みはらやま》を目ざし外輪山の中腹の展望台にたどりついた。レストランの横のテラスに案内されて立った時、五人は生まれて初めて目にした光景に思わず声を上げてたじろいだ。

目の前に広がる風景はこの世とは思えぬ荒涼としたものだった。眼下には直径数キロもある太古のカルデラの噴火口があり、はるかかなたのかすかに噴煙を吹く山頂を巡って荒涼とした砂漠が広がっていた。それは日頃目にしている内地の並の風景とはかけはなれて全く異質などこか違う天体に降り立たされたようなめまいを誘う光景だった。さいわい近くに観光客の姿も無く、はこばれてきた五人は非現実な世界に拉致《らち》されてきたような幻覚にさらされていた。

「これは凄いな。いいところへ連れてきてくれたもんだよ」

志郎が明を振り返って言った。

「イラクあたりの砂漠とは全く違いますな、現にあの向こうの山はまだ生きて火を吹いてもいるんでしょうが」

「そうだよ、それに大分以前九州に向かう飛行機がアメリカの管制の悪さのせいであの山に衝突して乗客が大勢死んだそうだよ」

「それにしても凄い景色ねえ、まるで違う星に来たみたいだわ」

慨嘆した紀子に、

「そうですよ、島というのはそれぞれ一つの星なんですよね。そういう意味じゃこの日本という国も他国とはまるで違う星みたいな存在ですな」

「それはどういうこと」

質した紀子に、

「考えてみるとこの国ほど他国と違って危険な国はないんですよね。ここに来る前に調べてみたらこの大島に限らず伊豆諸島のどの島にも温泉が湧いているし、火山がある、大体日本列島というのは世界最大の火山脈の上に在るんですよ。北のアラスカから始まってアリューシャン列島を経てこの日本に届いている火山脈は日本で西と南に分岐して西は富士山から九州を経てフィリピンにまで繋がり南は大島からはるか南の北マリアナ諸島、さらにその先のグアムまで繋がっているんですよ。みんなは忘れているけれど富士山というのは過去何度も爆発したことのある活火山なんですよ。この大島で皆さんは感心しているけれど、この並びの伊豆諸島にはもっと素晴らしいものがあるはずですよ。幸い僕も当分暇だしこんな素晴らしい船も宝の持ち腐れであったんだから、これからもあちこちなまじの陸の上ではできないピクニックをしたらどうですか」

「それはいいな、今日も思いがけぬ散歩ができたものな、君に感謝するよ」

志郎が言ったら、

「わあこれでお墨つきがおりたわね」

すかさず良子が言った。


そしてその夏に明が言い出して四人は生まれて初めて、名前でしか知らなかった伊豆の新島《にいじま》とその目と鼻の先の式根島《しきねじま》なる小体な魅力に溢れた島をおとずれ、無人の入り江に錨《いかり》を下ろし泳ぎを楽しんだ。船に備えてあったゴーグルをつけて覗《のぞ》く入り江の水は二十メートルもあろう水深の底までが見はるかせ、おりから入り江に迷いこんだ魚たちの群れが間近に見えて彼等を驚かせた。飽《あ》かずに泳ぎ回った後船に上がり昼食をとりながら小高い断崖にかこまれた入り江を眺めて誰もが嘆息していた。断崖の上には島を巡るらしい人影も遠く見えたが広い入り江を彼等五人だけが独り占めしている興奮に、

「凄いわ、おたくにあるプールも贅沢だけれどこんな思いは出来はしなくってよね。ここ何というところ」

質した良子に、

「前に調べに来て港に寄って聞いたらカンビキと言うそうだよ」

「あなた前にも来たことがあるの」

「そりゃあ、この船の船頭ときたらごく暇な人間ですからね」

「ならば君には当分この船を預けてピクニックに誘ってもらいたいもんだな」

言った志郎に女たち二人が手を叩《たた》いてみせた。

「この島の反対側の海には温泉も湧いているそうですよ。なんでも崖の道を下っておりた先の岩と岩の間から湧き出していてね。観光客たちは冬でも入りに行くそうな」

「行ってみたいわね。でもさっき見た魚の群れは何なのかしら」

「あれは飛魚《とびうお》かもしれないな。港の人間に聞いたらここではよくその漁をするそうな」

「ふうん、それを見てみたいもんだな」

言った志郎に、

「それより自分でじかに眺めたらどうです」

「どういうことかね」

「スクーバダイビングを覚えたらどうですか。その気になれば簡単なものですよ」

「スクーバ」

「そうです。タンク背負って潜るあれですよ」

「しかしそれは」

「いや思っているより簡単なことなんですよ」

「そうは言っても」

「いえ、この船もおたくのあのプールも私から見ればまさに宝の持ち腐れですな。あのプールを使ったら簡単に覚えられますよ。見たところあのプールは深いでしょう」

「飛び込み台の真下は四メートル以上ありそうだ」

「そうよ、亡くなった勝彦が飛び込みが好きであんなに深くしたのよ」

「ならば十分ですな。帰ったら直ぐにでもやりましょうよ。魚を見たけりゃ上からではなしに、水の中で間近に見たほうがはるかに面白いですよ」

「そんなに安請け合いして大丈夫なのかい」

疑わしげに質した野口に、

「それはあなたのその気次第ですな。当節ダイビングの器材も充実してきてね。腕にはめるコンピューターを頼りにすればまず間違いは起こりゃしないんですよ」

「それなら器材を揃えて早速彼のレッスンを受けようじゃないか」

志郎が頷き全員が身を乗り出した。

それから十日もたたぬ内に明は東京から業者を呼び付け、四人各自の体の寸法を計らせてダイビングスーツを作り、全ての器材を用意して北原邸のプールで四人にレッスンを始めた。その講義は簡にして要を得たものだった。

冒頭に、

「いいですか、ダイビングで一番危険なのは何よりも水の底から水面に上がる時なんですよ。これだけはしっかり覚えていてもらいたい。これは各自の命に関わることだからね」

その口調がまるで軍隊の教官のそれに似ているのに全員が緊張して真面目に頷き返していた。

「それはね下から上がってきて水面が見えたら顔を出す寸前に思い切って胸から息を吐いて出し切ること。さもないと胸が破裂してしまうんですよ。その証拠を今からお見せするからこれだけは覚えていてほしい。いいですか」

言って彼はプールに入り水の中で手にしたビニールの袋に水面から一メートルほどのところで借りてきたボンベから空気を入れて膨らませ、それをそのまま水面に引き上げてみせた。その瞬間袋は音をたてて破裂してしまった。

「ねっ、袋は皆の肺と同じこと。つまり水面に出る前に息を吐き出さないとこの袋と同じことになる。肺が破けるということ。これだけは全員が徹底して覚えておいてほしい。昔の潜水艦というのはちゃちなもんで水底わずか二、三十メートルでも動けなくなったものでね、そんな時水底の艦から脱出する隊員は水面に出る直前に叫べと教えられたそうです。つまり今見たことの原理にのっとってのことなんですな。これさえ心得ておけば後は思っている以上に簡単なんですよ」

「それなら私たちもあの入り江であの水の底まで行けるのかしら」

身を乗り出して質した紀子に、

「行けます。後は耳抜きの問題だがこれは人によって違うが必ず方法はありますから。ただし風邪《かぜ》を引いている時は無理ですから」

明の講義の後全員がタンクを背負いプールの底に座って、耳に空気を送る実習を終え足につけたフィンでプールを往復する実習を重ねて終わった。

そしてその年の夏の終わり近く北原邸のプールでの実習を終えた四人を連れ

て明はまた式根島のカンビキ入り江に向かった。入り江の左手の浅瀬の辺りにアンカーを落とし、まずアンカーロープに縋って沈みながら耳を抜いて水底に下り立ち明の先導で岩場の多い水底を伝って進んだが、思った以上に魚影が濃く岩陰に潜んだウツボや砂地に隠れたヒラメを明が手にした銛《もり》で指して教え、新弟子たちはその度顔につけたゴーグルの下で感動のうめき声を立てた。ひとしきり入り江の縁を周遊して船に戻った四人はマスクとくわえていたレギュレイターを外すと初めての潜水の成功の興奮で今水底で目にしたものについて互いに声高に語り合っていた。

それを眺めながら明が諭《さと》すように、

「どうやら皆さん水底の眺めに少しは慣れたみたいだから今度はもう少し刺激の多いあたりに行ってみますかな」

気を持たせて言い出した。

「それはどこ、遠い所、私もうここだけで十分よ」

気負って尋ねた紀子に、

「いやこの入り江を少し出た外海ですよ。ちょっと潮の流れがあるかも知れないが慌てず潮には逆らわずにゆっくりいきましょうよ。ここから少し沖に出たら回遊魚も見られるかもしれないな」

三

次の週末に北原邸のプールで実習を終えた四人は再び式根島を訪れた。カンビキの入り江から出て船は左手に向かい切り立った凹凸のある断崖に沿って西に進み、少し行った地点の崖の窪みの前でアンカーを下ろしそれを伝ってまず明が水底に降りた。皆を待ち受けた明を先頭に四人が恐る恐る水深十二、三メートルほどの水底に下り立った。

明に促されて眺めた前方の海はカンビキの水底とは違って膨大な広がりで沖

に向かって果てなく傾斜し広がっていた。その傾斜に沿って明に導かれるまま段々と深くなる棚を下りていき、何段目かの棚の平場で明が皆を制して座りこませ手元のコンピューターを確かめさせた。

水中で紀子が身を震わせ仲間へ振り返ってみせた。コンピューターの水深は三十メートルを示している。全員がそれを確かめ合い思わず頭上の水を振り仰いでいた。怯えている皆をマスクの下で笑いながら手で制して明は棚に沿って左手に促して進む。

しばらくして棚の平場で皆を制止し手で斜め前のどこかを指さしてみせた。息をころして見守るうちに彼等の斜め前の頭上を巨《おお》きな魚の群れが左から右へあっという間に通り過ぎていった。くわえているレギュレイターの中で誰しもが声をもらし目を見張る内に回遊魚たちはまるで流星のように頭上をかすめ水のかなたに消えていった。

さらに進む内に海底の景色はきりなく変化して広がり次の棚の下には何やら

かなりの大きさの魚たちが渦を巻くようにして群れていた。そしてその下には色とりどりの小魚たちが散らばり群れていた。

紀子はその棚の差し出た大きな岩にすがって呆然と眼下の世界に見入っていた。それは彼女にとってさながら異なった宇宙を眺めるような印象だった。生まれて初めて目にする景観に彼女は夢を見るような思いで呆然と見入っていた。

そんな彼女を夢から呼び起こして覚ますように明が肩を抱いて促してくれた。

今来た段々の棚を伝って船の下まで戻る途中の棚と棚の間の砂場で、明が手にした銛で指し示してつつくと、砂にかくれていた大きなヒラメが慌てて舞い上がりどこかへ姿を消していった。

半時間に近いダイビングを終えて五人は明に先導されて無事に船に戻った。

船尾に下ろされたラダーを使ってコックピットに這い上り体に纏《まと》っていた装具を外し着ていたウエットスーツを脱ぎ水着姿にもどり解放された瞬間、全員が息をつき今目にしてきた夢のような現実の興奮を確認して胸にしまい直し、感動の言葉を口に出すのももどかしく肩で息をしながら互いに見つめ頷き合っていた。そしてようやく、

「あの最後の頃に見た、あっという間に消えていった大きな魚の群れは何なの」

尋ねた紀子に、

「あれは多分ヒラマサの群れでしょうな」

答えた明に、

「私、夢見ているような気分だったわ。綺麗な魚の胴体に鮮やかな黄味がかった線がはいっていたわね」

問うた紀子に、

「よく見とどけていましたね、あの魚は敏感でめったに人にはよりつかない。あれは高級魚なんですよ。僕も初めて見たな。手銛があれば一匹しとめられたのにな」

「仕留めてどうするの」

「もちろん食べるんですよ。あなたにさばいてもらってね。ヒラマサ刺身は皿まで食べると漁師たちは言ってますな」

「私お魚をさばいたり出来はしないわ」

「いやその内に出来ますよ。僕が教えますから」

「あんたそんなこと出来るの」

真顔になって質した良子に、

「兵隊というのはなんでも自分でしなけりゃ生きていけないんですよ。ま、何時かお二人にはここでやってもらいますよ、料理は女の仕事、食べるのは我々男」

笑って言う明に、

「しかし君はいつどうやってそんなに詳しくなったのかね」

問うた志郎に、

「大事なお客を案内するには十分な下見がいりますからね。それにお陰で十分暇もありましてね」

「でも素晴らしかったわ。夢みたいな気持ちだったわよ」

息をはずませて言う紀子に、

「でも奥さんには恐ろしかったんじゃないですか。あの岩の上ですくんでらしたね」

からかって言った明に、

「いいえ、とんでもないわ、私生まれて初めての感動ですくんでいたのよ、まるで海の中で素晴らしいシンフォニーを聴くような気がしていたのよ。本当に感謝するわ、また是非連れていってくださいな」

「ええいつでもまた、あの船がある限りもっと怖くて素晴らしいポイントへご案内しますよ」

頷いた後、

「社長この遊びが終わったら相談したいことがあるんですが、いつかお時間をいただけますかね」

その時だけ真顔で志郎を見つめて言う相手を確かめるように見直し、

「ああ何時《いつ》でもいいぜ」

頷いてみせた志郎と明を野口は窺《うかが》うように見比べていた。


週末から続いた連休明けに明は珍しくジャケットにネクタイをつけて東京の北原の本社を訪ねてきた。普段家で見掛けるのとは違った印象の相手を測るように見直し、

「君は自衛隊で船に乗っていた時は制服を着ていたという訳か。となるとあの船に乗る時の制服もいるんじゃないかね」

言った志郎の冗談を外すように、

「ならばこの次にあの船での戦を教えますよ」

「戦だって」

「ええ、銃を持って本気の戦をですよ」

「どういうことだい」

「魚との戦をですよ。これはドンパチで人を殺すよりはましですし、もっと面白いですよ。この間あの海で見たヒラマサやヒラメを銛で仕留めるのはなまじのスポーツよりもはるかに興奮させられますよ。あなたの銛はもう選んで用意してありますがね」

「なるほどそれは面白そうだな。で、時に本題はなんだね」

質した志郎に組んでいた腕を解いて表情を改め、

「私もただ食客《しょっかく》でいるよりも出来たら会社のお手伝いをさせていただきたいと思いましてね」

「ほう、それは殊勝な申し出だが君に何をしてもらうというのかね」

「世界の変化に応じてこの国もようやく変わろうとしていますが、まず最近政府が決めた防衛予算の増額ですな。軍事予算というのは裾野《すその》が広くて必ず景気全般に及びますからね。

それに乗じてこちらの会社もそこに割り込む算段を考えたらどうでしょうかね。私が聞いたところ政府は近々昔あったと同じように国の兵器を自前で修繕したり創作したりする、昔で言えば海軍工廠《こうしょう》、陸軍工廠といった公的な施設を構える筈です。もちろん空に関してもね。

私のいた海の方ではまず最近のニーズは潜水艦と艦から発射するミサイルの改良と自前の生産ですが、私の海自時代の親友が今そのプロジェクトに参加しています。そいつから聞き取ったいろいろな情報だとその肝要な部品の多量の調達に苦労しているらしい。そのほとんどはアメリカ製でかなり高価なものです。それを北原の北陸本工場で一手に引き受けたらどうでしょうかね。今あれだけの施設を構え世評の高い緻密な製品を造っているのですから需要に応じたような新しい製作器材を入れてこの仕事を独占したらいかがですかな。現に先日あなたの名前をかたりあなたの顧問の名刺を造ってその男も連れて現地の工場をくまなく見て回りました。その男もあの施設なら生産も可能だろうと言っていましたが、海自のそのプロジェクトが動きだしたらその受注を受ける自信は十分あります。ですからそのための新規の設備投資を是非考えていただきたいのですよ。必要ならその技術関係の友人を連れてきて説明させましょう。これは会社にとっても大きなチャンスになると思いますよ。これがうまく進めば自衛隊関係の他の計画にも食い込めると思いますがね」

気負った様子もなくごく淡々と話す相手を志郎は意外な何かを眺めるようにまじまじ見直してみた。

「どうですか一度その相手の男とお会いになりませんか」

試すように見つめる相手を見据えながら、

「どうも君という男を僕は全く知らなかったようだな」

つぶやいた志郎に、

「いえ軍隊を逃げ出した男の国へのせめてもの恩返しになればとね。それにあなたに対してもですな」

肩をすくめながら言う相手を志郎はもう一度確かめるようにしげしげと見直した。

その夜食事の後寝室で志郎がふと、

「あの明君は野口の何になるのかなあ」

「どうして今さらに、たしか良子さんの妹のお子さんだったかしら」

「なんで軍人になったのか知らないが良子さんとは大分性格が違うみたいだなあ。やはり兵隊さんということなのかなあ」

「あの人に何かあったのですか」

「いやあ今日別の用事で事務所にやってきたが、突然僕にダイビングで海に潜った時魚を突いてみたらと言ってくれた」

「あなたにそんな。危ないのじゃありませんこと」

「いや、多分面白いものだと思うな、ひとつやってみようかな」

「お気をつけになってよ、何かあったらどうなさるのよ」

「彼が一緒なら勝彦君みたいなことは起こるまいよ」

「でもいつ何が起こるかもわかりゃしませんことよ」

「なら君はもうダイビングはしないかね」

「あなた意地悪ね、私明さんの案内ならまたあんなことしてみたいわよ、だって」

「だってなんだい」

「だってあなただって楽しかったでしように。私海の底があんなに素晴らしいなんて想像もできなかったわ」

「そりゃ僕もそうだ。その点ではあいつに感謝してるよ、だからあいつに勧められて海の底で魚を突いてみてもいいと思ったんだ」

それから半月ほどして明は一人の男を連れて突然志郎のオフィスにやってきた。高木《たかぎ》と名乗るその男の肩書きは防衛省の技術開発センターの副所長ということだった。

明に促され男は黙って持参してきた箱の中から何やら三十立方センチほどの機械を取り出して志郎の前のテーブルに置いてみせた。

「これが先日申し上げたミサイルの不可欠部品です。ミサイルの軌道を目標に向けて正確に制御するために不可欠な物です。これを日本固有のＧＰＳでコントロールして命中させるんです。今の時代では核弾頭をつけたICBMなどは旧弊な存在で大方が局地戦用のミサイルのニーズになりました。日本もアメリカの示唆でコンベンショナルストライクミサイルのような大気圏を外れずに飛ぶかなり高性能の新兵器を開発しましたがその命中精度を担保するにはアメリカのGPSに頼らざるを得ない。つまり日本の戦闘を彼等がコントロールするということで我々としては基本的に許容出来ない。現に例の湾岸戦争の時荷担したイギリス軍のミサイルの軌道をアメリカがコントロールして彼等に点数を稼がせはしなかったんですよ。いざという時日本の作戦も実質的に彼等からコントロールされることになります。

ですから我々も幾つかの宇宙衛星を打ち上げてミサイルの軌道を修正します。そのメッセイジを正確に把握して本体を飛ばすためには、アメリカ製のコントロールシステムには依らぬ独自の制御装置が必要なのです。それが搭載されれば我々は独自の戦闘が展開出来ます。国産化されれば莫大な金を払ってアメリカ製の装置を買わされることはないのですよ」

高木は気負わずに諄々《じゅんじゅん》説くようにして手にした物を相手に向かって押し出してみせた。

「実は僭越《せんえつ》ながら先月彼に案内してもらいおたくの北陸のメインファクトリーを見学させていただき技術のスタッフとも話し合いをさせていただきました。今あるものに加えて後幾つかの精密機械を備えればおたくの技術水準からすれば製造は可能だということでしたがね。それに自前の生産となればコストもアメリカ製品よりかなり安くなるようです。因《ちな》みに我々が今輸入を強いられているアメリカ製品は一基、邦貨にすれば一千万円にもなりますが自前となればその八割ほどのものになるそうです」

「なるほど、しかし国産とは言っても問題は需要だろうな」

つぶやいた志郎に、

「それでしょうな」

促すように頷くと、

「最低千個は」

「千個だって」

驚いて問い返すと、

「世界は今ＩＣＢＭなんぞを離れて小型のミサイル需要の時代になったんですよ。それに日本製のものなら衛星を添えて需要のある外国にも輸出できますからね」

志郎を正面から見つめ、押し切るように高木は頷いてみせた。

「それよりもまず国内の確かな需要の数だろうな」

「社長は手堅いですな。しかし国内の需要も世界の情勢次第ではもっと増えますよ、それに政府の方針も変わり国産兵器の輸出は可能になりましたからね、自動車と同じように日本製品のクレジットは兵器でも利きますからね」

「国内需要が最低千個として八十億の売上にはなりますな」

横から口を添えて明が言った。

「この際、この仕事はうちが独占してかかるべきじゃありませんかね」

乗り出して言う明を志郎は確かめるように見直した。

「どうも君にはいろいろなことを教わるものだなあ」

「どうなさいます」

正面から見据え追い詰めるように質す相手に、

「そのための設備投資は知れたものだろうな。新しい製作機械を入れても転用できるだろうし、まずあなたのめがねに適《かな》う試作品を作らせてみることだろうな」

「いいでしょう、それを待ちましょう」

高木は頷いて立ち上がった。

それからさらに一月して明と高木が北陸のメインファクトリーの所長を伴って志郎の前に現れた。所長は何故か緊張の面持ちで二人に促されるまま抱えてきた箱の中から何やら金属の製品を取り出し机に据えてみせた。

「これが合格品ですよ」

明が口を添え高木が頷いてみせた。

「これの受注を千個いただけるそうです」

顔を紅潮させながら所長が言った。

「単価は八百万ですから八十億の売上に」

どもって言う所長を支えるように、

「既に既存の兵器に搭載させてテストは行いました。合格でしたよ」

高木が所長を促すように口を添えてきた。

「ずいぶん手際がいいんだな」

独りごつように言った志郎に、

「手際がいいのはお宅の技術でしたよ」

何故か嘯くように高木が口を添えた。

三人が部屋を出て行った後すぐに所長が引き返してきた。質して見返した志郎にどもりながら、

「社長これからこの筋の受注の相談はどなたに」

「それは彼に、明君にする他あるまいな」

それから半月後役員会に諮《はか》って志郎は明を会社の営業担当の執行役員に据えた。経緯を説明し会社の業務に新しい分野が開けそうだとの説明に誰もが驚きそれが志郎の英断と思い感嘆の声も漏れた。

それから十日ほどしての夜、突然野口建士が何故か緊張の面持ちで志郎の家にやってきた。居間で顔を合わすなりいきなり、

「あんたあの明を会社の役員に据えたそうだね、何故かね」

「何故って何故だね」

「あいつはうちの良子の妹の息子だぜ、何故一言相談してくれなかったのかね」

妙に気負って言う相手を見直し、

「おかしなことを言うなあ、あの人事はうちの会社の全く内部の事柄で君には関わりないことじゃないかね」

「でもこの家の居候のあいつについちゃ僕も縁戚の者としてかねがね気にはしていたんだがね。それが急に何故」

「ああそれは彼ならではの功績をうちの会社のためにあげてくれたのさ」

「功績って、どんな」

何故かむきになって質す相手に志郎は明のもちこんでくれた新しい仕事の概略を話してやった。

「ふーん」

なぜか鼻白《はなじろ》んだ様子で頷く相手に、

「うちにとっても、君にとってみたって結構なことじゃないかね」

「廃物利用ということか」

「そんな言い方はしない方がいいぜ」

「そりゃあ僕だって僕なりに、この家の役に立ちたいとは思っているがね。現に紀子さんの折角のピアノの才能を生かしての地方でのささやかなリサイタルは成功したし、彼女も満足してくれたと思うよ」

肩をすくめながら言う相手を確かめるように見返し、

「それは君の彼女へのかねてからの思いやりからだろうが、彼女も感謝はしていることだろうさ」

さりげなく、突き放すように言った相手を野口は何かを確かめるようにまじまじ見直した。

「そのあいつが持ち込んだという新しい仕事というのは大層なものなのかね」

媚《こ》びて探るように質す相手に、

「ああ八十億ほどのものだろうな」

突き放すように志郎は答えた。

「そうか、北原家も新しい助っ人が来たものなんだなあ」

肩をすくめて言う相手に志郎は無表情に頷き返した。

その夜家での食事の後突然野口が良子に、

「あの明もそろそろ身を固めさせないといけないんじゃないかね。誰かいないものかな」

「あらどうしてまた急に」

「いや彼が志郎君の会社に入ることになったそうだからな。いつまでも居候という訳にもいくまいよ」

「そりゃそうね」

「誰かいないか」

「いないではないわよ」

「水を向けてみろよ、すぐにでも」

それから十日ほどしての夕食時良子が、

「明さんの結婚、当分無理みたいよ」

「なぜだい」

「いろいろ良い方を選んで写真も添えて尋ねてみたけどそんな気はなさそうよ、それであなた一体どんな人がいいのって聞いたら何と言ったと思う」

「なんだって」

「志郎さんの奥さんみたいな人だって」真顔で言った後良子は声を立てて笑いだした。

「困ったわね、これじゃあなたと志郎さん明さんと三人の重なり合いだわ、どうなさるおつもり」

言われて、

「何を今さら」

吐き出すように言い捨てて不興げに立ち上がる夫を良子は肩をすくめて見送っていた。

四

「あなたどうして結婚なさらないの、良子さんが折角つくしているのに」

質してみせた紀子を外すように、

「僕は昔何の集まりだったかな、先代の御注文でこの家であなたがピアノを弾くのを聞いたことがあるんですよ。あれは懐しかったな、僕はまだ学生でしたけどあなたが眩しかったですよ。あの集まりも華やかなもので僕独りが場違いな気がしていました。あれは何という曲でしたかね」

「さあ覚えていないわ、ずいぶん昔のことですものね」

「でも僕はよく覚えていますよ、あなたは白いレースの上着を着ていたな」

「よく覚えていることね」

「忘れやしませんよ」

むきになったような口調で答える明を紀子は驚いて見直した。

「それはそうと、この次いつまたダイビングに連れていってくださるの」

「いつでも」

「だってあなたこの頃主人の会社のことでお忙しいんじゃありませんこと。主人はあなたのこととても喜んでいるみたいだけど、二人ともそんなお仕事で忙しいんじゃないこと」

「いや、知れたものです。それよりここから近場で面白いスポットがありますよ」

「どこよ」

「江ノ島のハーバーからすぐ近くなんですよ。茅ヶ崎《ちさき》のすぐ沖に大きな岩の群れがありましてね、あそこならきっと何かいそうだな、潮の具合を見て昼から出かけても優に出来ますな、皆さんの都合が悪ければ手軽に私たちだけで行ってこられますよ」

「わあそれは嬉しいわ、私あれ以来海の底に憧れて夢にまで見るくらい」

「ああ一度あれをやると誰でも病みつきになりますよ。何しろ陸の上と全く別の世界ですからね。僕の例のイラクにやらされていた時もたいした魚もいないあそこの海で、陸の仕事から逃れる気分で海に潜りましたな。何とか救われたい気分でね。水中にはさすがに地雷もありませんしね。とにかく海は厄介なことを忘れさせてくれますな。どうです貴女がその気なら御主人をおいてでも明日にでも行ってみますか。日帰りというより午後だけで行って戻れますから」

「わあそうしましょう、ただし主人には秘密にしてね。あの人後で聞いたらきっと悔しがるわ」

はしゃいで言う相手を明は眩しいものを眺めるように見返していた。

その翌日野口夫妻には声をかけずに二人して江ノ島のハーバーから船を出した。島をかわすともうすぐ目の前の茅ヶ崎沖に聳え立つ巨きな岩の群れを目指した。紀子にとって初めて目にする高さ十数メートルもあるとがった巨岩を中心にして平たい岩の群れがちらばっていた。

「私近くにいてここにこんな物があるのを知らなかったわ」

「海岸近くの道を走ると道脇の松林にさえぎられて見えにくいが海に出ればすぐ目に入りますな」

「面白い形なのね、とんがって」

「何かに似ているでしょうが」

「さあ何かしら」

「烏帽子《えぼし》ですよ。だからここらの連中はエボシ岩と呼んでいますよ」

「それ何」

「昔の侍が元服した時に被ったとがった帽子ですよ。このあたりはあちこちに漁師が定置網を張っているから魚もいるんでしょう。しかしあの式根島の外海みたいにはいかんでしょうな」

岩の群れを見渡した明は一番巨きな岩の手前でアンカーを下ろさせ目の前の岩を指さし、

「あの大きな岩の手前から岩にはさまれた水路が沖に向かって抜けているみたいですな、あそこに入り沖まで抜けて戻ることにしましょう」

二人して初めて入る海はあの式根島の海ほど澄みきってはいなかったがあの巨きな岩の足元には明が予測した通り幅広い抜け道もあり途中の小広い空洞にはアジの群れが固まって舞っていた。さらに進むと沖の潮の流れ込む手前のものよりもさらに開けた空間があった。そこに入った瞬間、紀子がくわえたマウスピースから激しく泡を立てて叫び明にしがみついた。思いがけぬことに十畳ほどもある水中の部屋に五匹ほどの青鮫《あおざめ》がたむろしていた。

水の中で紀子は叫びながら明にしがみついてきた。明を放そうとしない紀子を抱き締めながら明は口にしたレギュレイターを外し口から泡を立てながらにやら叫び、足の脇から外したシーナイフで背中のタンクを激しく叩いてみせた。

彼が叫んだ声が伝わり激しく鳴るタンクの音を聞いて鮫たちは驚いて身を翻《ひるがえ》し外海への通路から一散に逃げ出していった。

その後もなおおびえきって身を震わしたまま紀子は彼の体に抱き付いて放そうとはしなかった。ようやくその腕をほどいて元の水路を戻り水の上に戻った時も彼女はまだ片腕を彼から放さずしがみついてマスクをつけたまま泣きじゃくっていた。

船のコックピットにはい上がりベンチに腰を下ろしても彼女は身をふるわし泣きじゃくっていた。そんな彼女の肩に手をかけてなだめながら、

「ごめんなさい、あそこにあいつらがいるとは思いませんでした。でもね奥さん、あれはただの青鮫といってほとんど無害な鮫なんですよ」

「でも、でも私とても怖かった怖かったんです」

座り込んだまま泣きじゃくっている相手にかける言葉のうかばぬまま明はただ彼女の肩に回して抱いた腕を外せずにいた。

ハーバーから帰りの車の中で突然紀子は明の手に手を重ね、

「ねえ、さっきのことは秘密よ、二人だけの、私がこわくて泣いたことは誰にも言わないで、主人にもよ」

「それは誰でも初めて鮫にじかに出会えば恐れますよ、相手があんなものだったけれど僕もいささか驚かされました。申し訳なく思っています、僕からもお願いですが。今日の事は社長には黙っていてください」

「どうして」

「それは、僕の立場もありますから、お願いします」

「いいわそれなら今日のことは私たち二人だけの秘密よ」

なぜか弾んだ声で言った自分を紀子は不思議な気持ちで感じていた。

ある日の午後野口は久し振りに部屋にこもって居間にまでもれて伝わる音響で音楽に聞き入っていた。

そして夕飯の食卓に座るなり天を仰ぐようにして宙に目を据え嘆息してみせた。

「あなたどうしたの」

質した良子に、

「俺は馬鹿だったな、なんでこんなことに気付かなかったんだろう。この俺だって国のために役に立つことが出来るんだよな、それをこの今になって知らされたんだ」

「それはどういうこと、貴方さっきまで何を聞いてらしたのよ」

「そうなんだ、マーラーのシンフォニーと、シベリウスだよ。シベリウスを聞いて気付いたんだ」

「何をよ」

「この俺も日本人だとね。だから俺だってこの国のために尽くすことが出来るはずだとね」

「何を今さら大袈裟なことを」

「いいか、シベリウスの『フィンランディア』は彼等を弾圧していたロシア帝国への抵抗のために作られたんだよな。だからロシアはあの曲の演奏を禁止までしたんだ。あの曲はフィンランドの風土そのものだよな。それなら今この国にこの国の風土や伝統を表象するシンフォニーがあるかね。以前山田耕筰《やまだこうさく》や團《だん》伊玖磨《いくま》が交響曲を書きはしたがどれもくだらない、西欧の音楽の域を出ないものばかりだった。強いて言えばあの武満《たけみつ》の『ノヴェンバー・ステップス』くらいだが、あれも所詮毛唐《けとう》の書いたシンフォニーの何番目かの楽章でしかないんだよな」

「そういえばそうね、日本人の作ったシンフォニーなんて聞いたことがないわね」

「だろう。それを俺が作るんだよ」

「あなたがですって」

「いやこの俺がそれをプロデュースするんだ。あんな無機的な現代音楽の片棒を担ぐのには飽きたよ。聞く者の骨身に染みるようなまさに純日本製のシンフォニーが今までこの国になかったのが不思議じゃないか。毛唐がやたら有り難がる日本食だけがこの国の取り柄じゃないんだよな」

「でも今この国の誰がそんな」

「いやいるはず、必ずいるよ。たとえばあの誰もが知っている昔の歌『荒城《こうじょう》の月』、あれは誰が聞いてもじーんとくる日本ならではの歌だろう。あれを作った瀧廉《たきれん》太郎《たろう》もほとんど無名の人間だった。無名でもいい、探せば必ず素晴らしい才能が見つかるはずだよ。それを探し当てて育てるのが俺の仕事だよ、必ずやる、必ず見つけるよ」

いつになく気負って言う夫を良子はまじまじ見つめていた。

五

「しかし君この企画は実現したら君たち夫婦にとっても大きな意味があると思うな。第一に世の大企業の中で新しい自前のシンフォニーを世間に提供した企業がどこにあると思う。そしてその初演のピアノは紀子さんにやってもらうつもりなんだ。彼女の演奏は日増しに冴《さ》えてきているよ、やはり才能は隠しきれないものだなあ。あの人を演奏家にせず手元に捕らえたままにしていた意図は何だったのかね。何にしろ彼女の才にとっては勿体ないことだったよなあ。僕は音楽の専門家としてそれを再生させたいと思って例の地方での小振りだが実のあるコンサートに無理やり彼女を引き出してきた。そして彼女は見事にそれをこなしたと思うよ。君には迷惑に思えたかも知れないが彼女は彼女として蘇ったと思うよ」

目の前で両の掌を握り締めながら言う相手を志郎は黙ったまま確かめるよう

に眺めていた。

「それは僕にはあの明みたいに会社に大きな貢献をもたらすような国家に関わるほどの仕事は持ち込める訳もないが、しかしこの家に深い意味で関わるような仕事は出来ると思っているつもりだ」

言った彼を遮《さえぎ》って、

「それはどういうことかね」

正面から見つめなおして質した志郎に、

「いや、つい言ったけど、彼の母親から良子が聞いたことだけれど、彼とて一族の者としてただこの家の食客で過ごすつもりはないだろうさ、僕も同じことだよ、僕には僕にしか出来ぬことがあると思う。だからこの仕事を認めてくれるなら、僕一人ではまかないきれぬ事態もあるだろうし一族の仕事として多角的に力を借りなくてはならぬこともあるだろうから、僕を末席でいいから役員に据えてもらいたいんだ。どうかね」

握り合わせていた手を解いて懸命に見つめてくる野口を測るように見返した

後、

「わかったよ、君にはいつか親身で何かを頼むことがありそうだとは思っていたがね、いいだろうやってみてくれよ、紀子も聞けば喜ぶことだろうからな」

「本当かね」

身を乗り出して言う相手にゆっくり頷くと、

「この次の会議には君と僕との発案として提案し、君を新しい役員として紹介するよ」

言った後座り直して相手を見据えると、

「それともう一つあの明が持ち込んでくれた新規の仕事については極秘ということだけは心得ていてほしいな」

その時だけ自分に向けられる相手の視線の厳しさを野口はのけ反るような思いで受け止めていた。

その相手の視線を跳ね返すように野口は座り直し何かを決心したように一度ゆっくり固唾を飲むと硬い笑みを浮かべてみせた。

「この家での僕の立場は曖昧《あいまい》なものだろうが、僕とてこの家の血に繋《つな》がりある者として君を裏切るつもりは毛頭ありはしないよ。守るべきものは一族の責任で必ず守るよ」

座り直し胸を張ってみせる相手を志郎は首を傾げまじまじ見直す。

「僕はしばらく外にいたから君は知るまいが、この俺にも北原の血は繋がっているのさ。僕の母親は僕も知らぬ人でね。木の宮孝子のお弟子の一人だったんだよ、それに先代の泰造が目をつけて孝子さんには隠して囲い僕を産ませたんだそうな。そして孝子さんの手前僕を母親の祖母の実家に里子にしてしまった。母親は泰造の手下の誰かと結婚させられ亭主の勤め先の関西に身を隠した。ということさ、君は知るまいが直系の勝彦は知らされていた。先代は僕の結婚をきっかけに僕をここへ呼び込み近くに囲ってくれたということだ。実の親の恩義には涙が出るという話だよ」

一気に吐き出すように言ってみせた野口は一息ついてから試すように相手を見つめ、志郎は気押されたように相手をまじまじ見つめ直した。

「なるほどな」

　肩をすくめ溜め息を吐《つ》いて言う志郎に、

「これはいつかは君にも伝えようと思っていたんだよ。俺には俺なりの沽券《こけん》があるからね」

「実にいろいろあるものだなあ、この家は」

　慨嘆して言う相手を慰めるように、

「それがこの一族の個性というものだよ、先々代の人柄というか、いずれにせよ彼は偉大というか並外れた人だったんだろうな。僕がさっき言い出したシンフォニーの企画もあの人ならすぐに乗り気になってくれたと思うよ、いや君を脅《おど》して唆《そそのか》す訳じゃないが北原の企業のイメイジのためにも必ず役に立つと思うがね。まあお互いに今ここにこうしていて御先祖には感謝ということじゃないかね、僕はそうだが君とて自分の血筋にことさらの不満はあるまいに」

　肩をすくめながら試すように言って見せる野口に、

「なるほどな、いろいろなことがほどけて見えてきたような気がするよ」

嘆息しながら野口を見直し作った微笑で頷いてみせ、

「ということならお互いにやるべきことはやろうじゃないかね」

言った志郎に薄く笑い返し野口は黙って手をさしのべ二人は軽く手を握り合った。

「そこで一つ君に聞きたいんだが死んだ勝彦はなぜ君の素性について僕に明かさなかったのかな」

問うた志郎に肩をすくめると、

「彼は俺のことを嫌っていたな。嫌いというより馬鹿にしていたろうな。音楽にかまけてこの家にとりついた虫みたいにね。それは、この俺より君のほうをよほど頼りにしていたと思うよ、俺には彼に取り入る隙《すき》も与えられなかったな」

秋に近いある日、珍しく志郎が言い出し二組の夫婦と明は江ノ島のハーバーから船をしたてて暫《しばら》くぶりのダイビングをしに例の式根島に出かけていった。

前回と違った趣向は志郎のために明がしつらえたスピアガンで彼が砂地に隠れていた大きなヒラメを仕留めたことだった。生まれて初めての水中での狩猟の成功に志郎は見守る仲間たちに獲物を抱えながら聞こえる訳もないのにわざわざマスクを外し何か叫んでみせた。鷹揚《おうよう》な島の住民が営む寿司屋は持ち込んだ獲物を目の前でさばいて下ろしその場で握って寿司にしたててもくれた。自分の手でものにした獲物を口にした志郎の満悦は大変なもので水中での猟の手解きをしてくれた明に興奮して礼を繰り返し寿司屋にも過大なチップを残して置いた。

その後五人はかねて聞かされていた島の南の外れにあるというジナタという入り江に湧いている温泉に出かけて行った。緑に囲まれた村道を数百メートルほど歩いて行くと潮騒《しおさい》の聞こえる島の南端に近い辺りに行き止りの広場がありそこから右手に下る小道が開けていた。

幅五十メートルもない峡谷を急な角度で海に向かって下るつづら折りの足元

の危うい小道を紀子は明に手をとられ支えられながらなんとか下りきった。入りくんだ峡谷の海に近い辺りには硫黄《いおう》の匂いがたちこめ岩と岩の間から赤い色を帯びた熱湯が湯気をたてて湧き出し海に向かって流れ出している。右手の崖の下にある着替えのための小屋で元の水着に着替え五人はそれぞれ恐る恐る手探りで岩の間を伝い先に来てお湯につかっている観光客の連中を真似て流れ込んだ熱湯と入り江から入ってくる海水とが混じった適当な温度の場所を探して岩の間の湯溜まりに身をひたしてみた。

「こりゃいいなあ」

思わずうめいて感嘆する志郎に、

「物好きな連中は真冬にでもここへ来てクサヤを肴に月を眺めながら一杯やるそうですよ。あなたの突いた魚もここで食べればよかったですな」

「そいつは贅沢の極みだろうなあ」

「岩陰の場所も湯加減によったら外に出てひと泳ぎもできますからね」

言いながら明は横にいる紀子を促し、

「奥さんここは少し熱くなりましたね、少し前に出ますか」

言って立ち上がり二つほど岩をかわして進んだ辺りで、

「ああここがいい、時々直接海の水が入ってきていい湯加減ですよ」

立ち上がり手をのべて誘われるまま紀子は前に進み彼の待つ畳半分ほどの窪《くぼ》みにたどりついた。言われたとおり海水がすこし流れ込み丁度腰をおろせる岩の棚もあって前の岩陰よりもはるかに寛《くつろ》いで湯加減を楽しむことができそうだった。

その内に流れ込む温泉の湯がまして体をひたしている水の温度が上がり、

「すこし熱いわね」

言った紀子に、

「それならそこから外に出て海でひと泳ぎされたらどうですか」

言われるまま紀子は彼の脇から岩の窪みをすりぬけ峡谷の外海に泳ぎ出た。温泉の湯でほてった体に外海の海水は染み込むように心地良く、

「わあ気持ちいい、堪《たま》らないわね、ここは天然のサウナということねっ」

「冷えたら戻ってらっしゃればいい」

明に言われて彼女が戻りかけた時突然、入り江の入口から今までとは違って大きなうねりがざわざわと音を立てて押し寄せてきた。今までいた窪みに戻ったばかりの紀子の体を強い波はあっけなく押し包み待ち受けていた明の体に激しく押しつけた。頭から波を被り悲鳴を上げる紀子を明は危うく抱きとめてやった。

波が引き元にもどった岩間の窪みで明に抱き止められながら、

「なあに今の大波は」

彼の腕の中で喘ぎながら叫ぶ紀子に、

「あれは南にある台風の余波ですよ。来る時にも長いうねりがありましたが、それが時折押し寄せるんですね、まあもう暫くは来ませんから」

「私死ぬのかと思ったわよ」

「すみません、僕が一緒に外に出ればよかったな」

「でも外へ出たらとても気持ちよかったわ」

言いながらふと気づいたように彼女を受け止め抱き締めていた彼の腕の内から身を外そうとして身をよじる紀子に、彼もまた気付いたように抱えていた腕を解きながら思わず何かを確かめるように間近な彼女の顔をまじまじ見直していた。

彼女が二人がいた岩の窪みから出て離れている夫たちの方に戻るのを見届けながら明は今突然自分が抱えている空虚な何かに気付きためらっていた。その故の知れぬ喪失感の中で彼はふとあの茅ヶ崎沖のエボシ岩で二人してダイビングした時、突然出会った鮫の群れに驚いて彼にしがみつきそれを抱き留めた彼女の体の感触を生々しく思い出し、そんな自分に驚いていた。

六

岩場の温泉から上がり横手の小屋で着替え峡谷の帰りの急峻な小道を喘いで上りながら、下りの折と同じように足元のおぼつかぬ紀子に明は腕を貸した。

よろけてもたれかかる彼女の腕と体の感触の中で明はつい先刻岩場の間の温泉で突然襲ってきた大波をかぶり溺《おぼ》れまいと自分に強くしがみついてきた彼女をまた生々しく思い出しては、あのエボシ岩での潜水の折に鮫に驚いて懸命にしがみついてきた彼女を突然強く思い出している自分に密かに驚き、そんな自分を隠すようにいささか乱暴に彼女の体を引き摺り上げていった。

家に戻ってからの夕食の後良子が野口に、

「あなた例の新しいシンフォニーのための作曲家誰か見つかりましたの」

「いやまだだ、こうなってみるとこの国の音楽ってのは全くお寂しいものだな」

「私思ったのだけれど、クラシックの世界ばかりじゃなしにもっと別の方で探したらどうなのかしら」

「別の方ってどんなだよ」

「例えば映画とかテレビのドラマの音楽をやっている人の中にいたりはしない

かしら」

「それは無理だろうな」

「案外馬鹿にはできないと思うわよ。私今見ているあの大河ドラマの音楽なんて凄く面白いし話の筋をとても引き立てていると思うわよ。私は素人だけれどあのドラマの音楽は他のものよりも変わっていてとても迫力があってよ、一度ごらんになってみたら。テレビ局にしても一年通じてのドラマだと大変なお金をかけているんでしょ。作曲家だって随分人を選んでいる筈だわ」

「なるほどな、それはなんというドラマかね、それに何時何チャンネルなんだ」

「私いつも見ているから来週私の部屋でごらんになったら」

言われても気のなさそうな夫に、

「私は素人だけれど今のままだとあなたの眼鏡《めがね》にかなう人なんかとても見つからないような気がするな」

「生意気言うな」

「だって今だって全く当てがありゃしないんでしょ」

言われて不機嫌な夫に、

「とにかく一度見てごらんなさいよ。話の筋もとても面白いのよ。お部屋でレコードばかり聞くよりも楽しいと思うわ」

言われるまま翌週の日曜日の夜に良子に促されるまま野口はそれまで興味もなかったテレビドラマを彼女の部屋で目にさせられた。

見終わった後、

「どうこの人の音楽少し変わっていると思わないこと」

「ああ確かにな、こいつはどんな奴なのかね」

「気になるなら調べてみたら、局に聞いたらすぐに分かるでしょうに。私案外若い人じゃないかと思うわ」

「何故だい」

「だって変に大胆な気がするもの」

「へえ、お前も案外聞く耳があるんだな」

「あなたのおかげでしょうに」

「なら当人に一度会ってみるか」

しばらくして野口がその筋に質して分かった当の作曲家の履歴は少し変わったものだった。

まず第一に彼は音楽の大学を出てはいない。ごく若い頃ある仲間たちとバンドを組んでいたがそれを離れある歌謡曲作家に弟子入りしていた。しかしすぐにそこを飛び出してヨーロッパに出かけ、何を思ってかイタリア映画の巨匠の映画音楽を多く手がけていたある作曲家に弟子入りしたがさらに彼から離れドイツに移ってミュンヘンの音楽学校に潜りこみ正式な卒業はかなわなかったが六、七年ほどの間それなりの見聞を修めて帰ったそうな。帰国後の仕事のきっかけはほとんど無名なグループの作った映画の音楽を担当しそれがあるアングラの識者たちに認められ陽の当たるところへ出られるようになったという。

平木陽一《ひらきよういち》というその男の何とはなく天の邪鬼《あまじゃく》なキャリアが気にいって野口は

一度彼と会ってみる気になった。

　音楽業界とは言え限られた領域にしかいない野口の名を知る由もない相手からは、用件によっては自分の住む松本《まつもと》の自宅で会うとぶっきらぼうな返事が返ってきた。

　親の住む実家の庭の隅に建てられた粗末な離れの、さしたる家具もない唯一つ古いピアノの置かれた部屋で野口が初めて目にした相手はもう四十近い、見つめて来る目にどこか険のある痩《や》せぎすの男だった。手も入れぬ長髪をかき上げながら、

「何かは分かりませんが、テレビドラマの仕事はもうしないことにしてますがね」

　いきなり言った。

「なるほどそれは何故ですかね」

「あれは金以外僕には何にもなりませんからな」

突き放すように言った。

「なるほど。しかし僕が今日持ち込んだ用件はあなたの想像以上のことですよ」

じらすように言った野口に、

「へえどんな」

「多分、他のどんな作曲家にも不向きな仕事でしょうな。あなたにもかもしれないが」

試すように言った野口に薄笑いで肩をすくめながら、

「へえ、そりゃ面白そうだな。まさかこのまま飢え死にする前にラーメン屋でもやれという訳じゃないだろうな」

「しかしこれが旨くいかないと、お互いに身が危うい話かもしれないな」

険のある目で野口を見返すと、

「何なんですか、一体」

開き直って言う相手に、

「ずばりね、あなたに新しいシンフォニーを書いてもらいたい。出来るならばね、それはあなた次第の問題だろうけれども」

「それはどういうことなのかな」

かすかに身じろぎして言う相手に、

「まさにそれだけのことですよ。この国にはない本物の交響楽をなんとか作りたいと思ってね」

「そんな」

絶句して見返す相手に、

「本気の依頼ですよこれは」

そして野口は初めて北原の会社との関わりを名乗ってみせた。

「なるほどそういうことか」

腕を組む相手に、

「どうかね、あなたには無理な話かな」

突き放すように言う野口を見返し、

「何故、何故僕なんですか」

「いないんだな他に誰もね、私が見渡した限りこの国には。あなたが誰か知っているなら是非教えてほしいな」

「確かにそれはいないだろうな」

うめいて言う相手に、

「君を見染めたのは君がもう嫌だと言っていたテレビドラマの音楽のせいなんだよ、あれはある意味でこの国の情念がごちゃ混ぜになっていたよな、それを絞り切って交響楽にしたててほしいんだよ。シベリウスにせよベートーベンにせよ、モーツァルトにせよ、その素晴らしさは彼等民族の情念を映しだしているからじゃないかね」

畳み込んで言う野口を初めて臆したように見返し、

「そんなこと出来るかなこの僕に」

「出来るつもりでまずやるんだよ、どんな新しい仕事にしても皆そうだ、出来るつもりでやらなければ何が出来る。僕がこのことを思いついたのは昔聞いた瀧廉太郎の『荒城の月』という曲がヒントだった。あれは日本の四季を古い城になぞらえて作った曲だったよな。土井晩翠《どいばんすい》の詩も美しく見事だがあれは正しくこの国自身の歌であり曲でもあったよ」

「なるほど『荒城の月』ですか。あなたのいうことが分かるような気はするな」

腕を組み直した平木を見返すと相手は瞑目《めいもく》していた。

「しかしどれくらいかかるものかなあ」

「金の心配はしないでくれ、後は時間だ」

「しかし」

「いや問題は時間だろうな、予算の心配はしないでくれていい。この企画には確かな企業が後ろだてしてくれることになっているんだよ、君が納得できるならその内相手の責任者に会わせてもいい」

詰め寄って言う野口に、

「やってみたいと思う、でもどれほどの時間をもらえますかね」

「それは君次第だな、僕らは待てるよ、何しろこの国の音楽の新しい頁《ページ》のための試みだからね」

畳み込んで言う野口の視線を外すように腕を組んだまま、

「なるほど、『荒城の月』か」

何を感じとったかまた目を閉じ天井を仰ぎながらうめいてみせた。

「やれるかね、やれそうかな」

野口をかわすように、

「まず時間ですな、手探りの時間をくださいよ」

「どれほどの」

せいて言う相手に、

「それはベートーベンにでも聞いてくださいよ、まず当たりをつけるまで半年はかかりますな」

「という事は君はやってみるということだね」

身をのりだして質す相手を外すように横を向いて、

「やってみましょう、僕もそろそろ踏ん切りをつける頃だと思っていましたからね。とにかく僕にとって初めての大仕事ですからね、どうやって当たりをつけるかまだまったくわかりはしない」

「分かった君がやってみる気があるということが分かっただけでも来た甲斐があるよ。今日はここで引き下がるが何か思いついたら是非連絡してほしいな」

言って座を立つ野口を黙って見送りながらも宙に目を据えている相手の様子に何かを予感しながら立て付けの悪い扉を押して家を出た。

家に戻った野口に今度の外出の訳を知っている良子がいきなり、

「どうでしたあの人ものになりそう」

質してきた。

「いや、わからんな。五分五分というところかな」

「どんな人でした」

「どうといってもどこか癖のある男だったな。才能の有無はわからないが、お前の言う通りあるいはということかもしれない。妙にしたたかな感じのする奴だったな、とにかく下駄《げた》を預けてはきたよ」

「いきなりシンフォニーなんて言われて驚いていたでしょうね」

「それがそうでもなく、ただ腕を組んでとにかく時間をくれということだったが。そりゃそうだろう映画や芝居の伴奏とはちがうからな」

「でも楽しみだわ」

「お前の勘が当たるかどうか、これは博打《ばくち》だな」

自分から言い出した企画の当ての立たぬまま平木との話し合いについては志郎に報告せずにいたが松本から戻って一月もたたぬ頃突然平木から野口に電話がかかった。

「実はあの御依頼の仕事についてのお願いがあるんですがなんとかかなえてもらえませんかね。手掛けた仕事の成り行き具合をこの耳でたしかめたいんですよ。恥ずかしい話だが僕は楽器がうまく弾けない。それは作曲はピアノを鳴らして書きはするがたどたどしいものだ。今度の大仕事の核になる、絵でいえば作品のエスキースになるものを仕上げてみたんですが、それがシンフォニーの中にどう収まるのか自信がないというより見当がつかない。だからその作品を誰か確かな演奏者に弾かせてこの耳で聞きとって確かめたい。妙な話だがそうしないと自分が当てにならない気がするんですよ。そうでもしないと先に進む勇気が出ないよ。誰か確かな弾き手を探してくれませんか。こんな事を頼むのは僕の作曲家としての沽券の問題かもしれないが初めての仕事のために今の段階でどうしても必要な気がしている、大きな空振りをするのかしないのかを今試してかからぬとあなたにも迷惑をかけることになりかねないと思うんですよ」

「なるほど、とすればそのエスキースのスコアを事前に送ってもらえるかね。君の家でいきなりという訳にもいくまいし、事前に一応リハーサルも必要だろうから」

「誰かいますか」

「ああ、その当てはあるよ、人選は俺にまかせてくれ」

電話を切ってから三日目に楽譜を包んだ分厚い郵便物が野口の手元に届いた。

七

封を切って中身を取り出ししげしげ眺め直す夫に訳を質し、

「それはまず紀子さんに弾いてもらうことじゃないの。ただ楽譜を眺めていても貴方に何も聞こえはしないでしょうが」

良子が口を添えた。

持ち込まれた宿題を前にして当惑した紀子はそれでも事の経緯を聞かされ分厚い楽譜を見て、いきなりとは行かぬから何日か練習の時間がほしいと断って引き受けてはくれた。

四日ほどして連絡が入り、何とか一応弾き終えてみたが自分には何とも判断がつかないから、とにかく弾いて聞かせるので来てくれということだった。

志郎の不在の家のピアノを据えた紀子の部屋で、迎え入れた野口を前に彼女は緊張した顔で楽譜を広げ始めた。

「彼が日頃どうやって作曲しているのかは知らないが、たどたどしくピアノのキーを押して楽譜に書き込んでいるんだろうな。耳の中で彼なりの音のイメージを摑まえてはいても多分もどかしさがあるんじゃないか」

「そんな人がよく作曲家として通るわね」

「いいじゃないか、彼は多分絵を描くようにして音を捉えようとしているんじゃないかと思うな。だから彼が聞く前に僕も聞いておきたいよ。初めて聞く曲なら僕が勝手に聞き取って自由に評価してやりたいんだ。だからあなたも楽譜のままに勝手に弾いてくれよ」

「私こんなこと初めてだわ。せめてこの前にその人に会っていたらこんな初めてのものを弾くために何かイメージが持てたかもしれないけれど」

「いやこれでいいんだよ、その方が僕も素になって聞けるからな」

「でも変な話よね、全く見知らぬ人の曲をいきなり弾かされるなんて。この人どんな人なの」

「経歴はもう話しただろう」

「でも」

「変な奴だよ」

「変てどんな」

「ぶっきらぼうで自分を見せない、どこか険のある奴だったな」

「そんな人が作った曲を私に弾かせるの」

「だから僕にもそれが面白いんだよ」

「あなた随分勝手ね、私それで嫌な思いをしたらあなたにうんと償いをしてもらうから」

何かを諦めた顔で肩をすくめると紀子はピアノにむかって座り直した。

三十分ほどかけて彼女が弾き終わった時、野口は聞きながら組んでいた腕をほどくと、彼にむかって振り返った紀子に小さく頷いた。

「なるほどわかったよ」

「どうわかったの」

「いや変わっていてとても面白いな、あいつがこの先何をたくらんでいるのかが窺えたような気がするな」

「どういうこと」

「いやただ僕の予感だ、がこいつはひょっとするとひょっとするかもしれないな」

腕を組み直し一人で頷いてみせる野口を紀子は不安げに見直した。

「これなら出来るだけ早く彼の目の前で弾いてじかに聞かせてやりたいな。亭主に断ってあなたを一日借りだして事を進めたいよ」

「それどういうこと」

「あいつの家であいつの目の前でじかに聞かせてやりたいんだ」

「それはどこなの」

「あなたには悪いが彼の家まで出向いて弾いてほしいんだよ」

「そんなっ」

　絶句する紀子に、

「これは志郎君にも断っての企画なんだ、だから頼むよ。相手にも話してきているんだ。これはある意味でのるかそるかの秘密の企てなんだよ、だから君を除いて他の相手には頼めないんだ。勝手だが始めからあなたを想定して彼にうけあってきたんだ。僕にとっても人生を賭けての仕事なんだよ。だから助けると思ってあなたの体を貸して欲しいんだ」

　膝に両手をついて殊勝に頭を下げる相手を見直し、紀子は肩をすくめた。

「わかったわ。ならどこへ行くの」

「松本だよ」

「私そんなところ行った事がないわ」

「良子も一緒に行かせようか、それならあなたも気が楽だろうから。君が承知してくれたら早速予定をたてるよ」

そして早速相手に連絡し三日後に予定を決めた。

降り立った松本は既に秋を感じさせ、鎌倉に比べて涼しく肌寒かった。そのせいもあってか駅に降り立った紀子はひどく緊張して見えた。

古びた門を潜り庭の奥の粗末な離れの前に立った紀子は何故か怯えたように立ちすくみ野口を振り返った。

扉を開け狭い玄関の土間に迎え立った家の主は驚いたようにまじまじ客たちを見直し、これから初めて彼の音楽を弾いて聞かせる者が誰かを感じとったように、野口には頷きもせず、三人の中の紀子を見つめてきた。

平木はこの前に見た時よりも手を入れぬ髪は伸び放題で無精髭《ぶしょうひげ》がのびたままだった。野口はそんな相手を見て怯えたように立ち尽くす紀子の肩を押しやって、

「そうだよ、この人が僕が選んで君のあれをじかに弾いて聞かせてくれるんだ」

言われて彼は何故か怯《ひる》んだようにまじまじ紀子を見直していた。

野口に促されるまま紀子をピアノの椅子に座らせ客たちには粗末な椅子を勧め、平木は自分一人は壁にもたれて畳に座りこみ、紀子は怯えた顔でピアノに向かって持ってきた楽譜を広げた。

奇妙な静寂と緊張が粗末な部屋の中に漲《みなぎ》って感じられた。ピアノに向かって座ったまま躊躇《ちゅうちょ》している紀子に、

「紀子さん始めてくれていいよ」

野口が促し、それでもまだ臆したように俯いたまま彼を振り返り小さく頷くと紀子はようやく手をかざしてピアノに触れた。

それからの小半時彼女は周りを忘れたように一心に弾きつづけた。

その間野口は弾いている彼女と、座りこんだまま目を閉じて聞き入っている平木を半々に確かめ見比べながら聞いていた。

しかし演奏の中盤の頃から彼の様子は変わってきた。半ば口をひらいたまま

目を閉じ、そして時折目を開いて何かを確かめるようにまじまじと弾いている彼女を見つめ、また諦めたように目を閉じてもいた。

そして彼女が弾き終えて窺うように皆に振り返った時、拍手する野口や良子に構わず平木はもたれていた壁から身を離し、何か言いかけながら言葉が出ずまじまじと紀子を見直していた。

「どうだね」

緊張ともつかぬ妙な空白を埋めるように彼に向かって質した野口に気付かぬくらい、何故か惚《ほう》けたような顔でただまじまじ紀子を見つめながら、

「あ、有り難うございました、あなたは一体どういう人なのだろうかな」

喘ぐように口走った。

そして、それまでなぜか青ざめていた彼の顔に急に血の気がさしてきた。

粗末な家でのせめてもの供応で母屋《おもや》の住人から届けさせた茶菓子で客たちをもてなしながらも、離れ屋の住人は何かを質して確かめるように間近に座って

まじまじと紀子を見つめていた。

そしてようやく意を決したように、

「あなたあれを弾いてみて、どうでした」

「どうって」

「何かを感じましたか」

「何っておっしゃっても、私には初めての曲ですから」

「ですからどう感じられました」

「急にそうおっしゃられても難しいことですわ」

「だから何でもいいんです、あなたが弾きながら感じられた何かを知りたいんです」

食い下がるように問い詰める平木を見ながら、

「紀子さん遠慮はいらないよ。彼もそう言っているんだ、なにしろ君がこの世で初めてあれをじかに弾いて彼も含めた人の耳に伝えた人間なんだからね。言ってやれよ、誰よりも彼のために、君がこの世であの曲の最初の批評家ということなんだから」

「そんな」

「必要なんだよ、君こそがあの曲を初めて生で人の耳に伝えてくれたんだからね。良い悪いなんかじゃない、優れた弾き手のあなたが、弾きながら何か感じた事があるだろう。それを今彼に伝えてやる事は彼にとってもとても大切なことに違いないんだよ」

「でも私そんな」

「どこがいい悪いなんてことじゃなしに、君が弾きながら感じたことがきっとあるはずだよ」

問いつめる野口に代わって、

「お願いしますよ、彼が今言った事は誰よりもこの僕にとって大切な事だと思いますから」

それまで俯《うつむ》いていた平木が突然顔を上げ低い声で強く願うのに紀子は気おされたように怯えた顔で頷き返した。

「どうかお願いしますよ」

座ったまま彼女に向かってにじり寄っていう彼の気配に怯えて身をそらし、

「私ただ夢中で弾いただけですけれど、それでも」

「どうでした」

せまって問い詰める相手を怯えたように見返し、

「私弾きながら海を感じたような気がしました。ダイビングで眺める海の底の広がり、というよりもそこに繋がる遠い山から流れてくる水、その水がさまざまに造る川とか滝とか湖もありますわね、そんな水の流れる有様を感じたような気がしましたわ。おかしいかしら」

言い終えて彼女がはばかるように肩をすくめてみせた。

「いや、そうなんです、その通りなんだ」

突然座り直し彼女を見つめ直すとうめくように平木が言った。そしてその目に浮かんだ涙を見て誰もが驚いた。

「あなたは素晴らしい、素晴らしい人だ、あなたは僕の知らなかった僕を教えてくれましたよ、有り難う」

呻《うめ》きながら身を起こすと両手で彼女の手を握り激しく揺さぶってみせた。

その唐突な反応に紀子は驚いて身をそらし、野口と良子は相手の突然の変身を目《ま》の当たりにし、まじまじ見直さぬわけにいかなかった。

「なるほどそうだな、水の変遷とは言いえて妙だよ。僕にも気付かなかったこ
とだ、紀子さんあなたはやはり本物の演奏者だなあ」

興奮の後の沈黙から皆を救うように、

「君どうだね、これでこの先の仕事の展開の目途《めど》がついたんじゃないか。そうだよ水の生命の変化を主題にしたシンフォニーは世界でも未曾有《みぞう》のものだぜ」

平木はもちかけた野口をわずらわしげに見返すと座ったまま紀子を見上げ直し、

「あなたこれから先も僕のために弾いてもらえますよね」

すがって願うような声で訴えた。

離れを出て母屋の門から離れた時、紀子は何故か立ち止まり怯えた顔で何かを確かめるように出てきた家を振り返って見た。

「あいつ何とかものになりそうな気がするな」

一人で頷いてみせた野口に、

「でも私なんだかあの人怖いわ」

肩をすくめ怯えた顔で紀子が呟いた。

「そうよあの人危ないわよ」

良子が言った。

「それはどういうことだ」

質した野口に、

「女にはわかるのよ」

鎌倉の家に戻り紀子をねぎらって別れた後、

「女にはわかるってどういうことだよ」

「あなた鈍感よね、紀子さんをあそこに連れていったのはいかにも罪だったわよ」

「何故だい」

「あの男、自分の作った曲と、それを弾いてくれた彼女に一緒に惚れちゃったみたい、となるとこれから厄介よね。あの男あなたの恋敵になっちゃったみたいよ。とんだ三角関係、いえいえ四角関係ということ。恐ろしいわね」

言うと良子は声を立てて笑ってみせた。


平木に当て込んだ野口にとってまた新しい問題が到来していた。仮に平木が意にかなうような作品をものしてきたとしたら物がシンフォニーだけに試演ですませるわけはない。やはりいずれかの交響楽団に試演させたらいずこかのしかるべきホールでの演奏会での披露《ひろう》ということになるはずだった。

それを実現して行くために必要な準備の当てが全くない。それにようやく気付いたのだった。手始めに平木が音楽を担当したテレビドラマの放送局にもちかけてみたが相手にとってはいかにも唐突な企画でにわかに色良い返事がくることはなかった。ちなみにいくつかの交響楽団に企画として持ち込んでみたが未だ形をなしてもいない作品の試演に直《す》ぐ乗り気な相手のあるはずもなかった。交響楽団を丸ごと試演のためにチャーターするとしても、その費用は彼一人が用だてるには手の届かぬ最低二千万円ということだった。

となればまず行き当たりばったりに平木の手になるだろう作品の出来上がりを待って、その上で考えるしかあるまいと腹をくることにしてしまった。そしてその上で紀子を人質にして志郎にもちかける以外にあるまいと。

それからさらに一月ほどして平木から野口に手紙が届いた。文面には先月の来宅に対する感謝と、重ねて作品の次へのとりかかりのためにできればもう一度紀子の演奏を聞かせてもらいたい、許されれば今度は自分が彼女の家に出向いてでも是非聞かせてもらいたいとのことだった。

手紙を読み終え眉をしかめ、肩をすくめながら手にしたものを良子の前に放

り出し、

「手のかかる奴だな、どういうことだこいつは」

夫の放り出した彼からの手紙を一読して彼女は突然声を立てて笑いだした。

「なんだ、なぜだよ」

「あなた大変よこれは。あの男ただ彼女にまた会いたいのよ」

「なぜだい」

「あの男はあなたの恋敵《こいがたき》になったということよ」

「馬鹿な」

「あの時の彼の表情でわかったわ、女の私にはわかるのよ、紀子さんにはお気の毒だけれど彼の言うことを聞いてやるしかないんじゃないの。来たいというなら来させてやるしかないんじゃないの、あなたのお仕事のためにもね」

逆らいようもなく、翌日紀子に懇願して彼女の家でもう一度あの男のために同じ曲を弾いて聞かせる約束をとりつけた。

その日鎌倉の駅に降りた平木を野口は車に乗せて北原邸まで連れ込んだ。広壮な屋敷の玄関の前に立って建物を仰いで不安げな顔の相手を前に促した。いかにも贅沢な造りのサロンに通され辺りを見回しぎこちなく座り込んだ客はひどく怯えて見えた。そして折から早めに帰宅していた主人の志郎が現れると彼と並んだ紀子をしげしげと見つめていた。

紀子の部屋に志郎も座って彼女の二度目の演奏を聞くことになった。その間中、平木はあの松本の自宅で聞いた時以上に身を固くして聞き入り何故か怯えたようなまなざしで紀子と志郎をしきりに見比べていた。

演奏が終わった時、野口に呼ばれてやってきて同席していた明が誰よりも大きく手を叩いてみせた。

その場にやや場違いなくらいの大き過ぎる拍手だったが、白けかける場を救うように、

「君にも分かるのかね」

茶化して志郎が言った。

「いや分かりますよ、見事なものですな。僕は久し振りに奥さんのピアノを聞かしてもらいましたよ」

むきになったように言う明の横にいる作曲家を無視したやや唐突な賛辞に、

「なかなか綺麗な曲なんだなあ。それにしてもミサイルの部品からシンフォニーとは、うちの会社の幅は広いものだなあ」

志郎が感嘆してみせ、その場が救われた観があった。

その日の内にも松本に帰るという平木を駅まで送る車の中で黙ったきりの相手に、

「どうだね、今日聞いて改めて自信がついたんじゃないかね」

促してみせる野口に、

「いやあ僕はいかにも場違いの気がしたなあ」

吐き出すように平木は言った。

「馬鹿なことを言うなよ、相手が何だろうと芸術こそがそれを凌《しの》ぐんだよ、あの家の贅沢なんぞ君の作品は簡単に凌いでしまうさ」

「それにしてもあの奥さんは素晴らしいな、あの人は僕の曲にぴったりだな。あれは驚きだ、あなたそう思いませんか」

縋るようにうめいてみせる相手を確かめ、

「ああそうだよな、僕もそう思うよ」

なだめるように言うよりなかった。

車から降り肩を落として改札口に向かっていく平木を見送りながら、

「なんだろうと仕事だけは仕上げてみろよな」

野口は一人ごちた。


それから数日後の役員会の後、志郎の会社のロビーでコーヒーを飲んでいる明を見つけて野口はその横の椅子に腰掛け、さりげなく質してみた。

「この前紀子さんがあの男の新曲を弾いて聞かせてくれた時社長がうちの会社

の仕事の幅は広いもんだなあと感嘆して言っていたのはミサイルの部品のことだね。僕も彼に建言して新しいシンフォニーを会社の名で世に送り出すことにしてのあれがその事始めだったんだが、こちらの仕事の方はなかなか採算はとりにくくてね。まあ北原の会社は他の部門でもなんとかうまくは行っているようだが」

「それは大丈夫でしょうよ。それにあなたの仕事はなんといっても紀子奥さんのためにものにしてもらいたいですな。僕の受け持ちの方は間違いなくうまくいっていますからね。まあ事の盲点を突いたような仕事ですから、うちの独占ともいえそうだから」

「それは有り難いな、社長もずいぶん期待しているようだからな。しかし事の盲点というのはどういう事なのかね」

「いや私の前の同僚の入れ知恵でしてね」

事の概略を聞かされた後、

「しかし競争の激しそうなそっちの業界で独占が保たれるのかね」

「それは部品の本体が流出しない限り大丈夫でしょうよ、ミサイルの本体の数多い部品のどれかは、簡単にはわかりませんよ。うちに出し抜かれた他の企業がいかにくやしがってもね」

仕事の話はそれで終わり野口から持ちかけて話題は来年のダイビングに沖縄のどこを選ぼうかということになった。

八

平木が北原邸を辞してから半年ほどして分厚い楽譜が野口の元に届いた。添えられた手紙に、序曲から始めて交響曲の第一楽章が出来て自分としては自信があるが、第二、第三楽章に進むために出来得ればどこかのオーケストラに演奏させて聴かせてほしいとあった。

その楽譜をとりあえず紀子の元に持ちこんで見せたが、

「私には、これだけではとてもこの作品の善し悪しはわかりはしないわよ。これを見れば管や弦のスコアは記されているけれど、それを一度に鳴らしてみてのアンサンブルは、彼が言ってきているように実際に皆で演奏してみなければわかりはしないでしょうね」

そう言われなくても、それは当然に思えた。しかし問題はどこの誰に演奏を依頼するかだった。

平木が音楽を担当した大河ドラマのテレビ局に相談を持ちかけても事の筋が違うとそっけないものだった。他の既存の有名ないくつかの交響楽団に依頼してはみたが、次の定期公演のレパートリーは決まっていてそこに割り込むことは不可能だったし、まして無名の新人の海のものとも山のものともつかぬ新作交響曲を取り上げてくれる酔狂《すいきょう》な相手は皆無だった。

困惑した野口は地方のどこかに新作演奏を試みるような相手はないものかとあちこち伝手《つて》を辿《たど》って探した挙げ句、埼玉県に拠点を置く素人集団に毛の生えた程度のグループがあるのを聞き及んだ。

その主宰者は若い音楽家で、郷土思いの彼はフランスの港町のナントが町おこしに行って成功していた素人演奏家を集めての音楽祭にヒントを得て、隣の首都東京に押されて疎外されがちな埼玉の再生のためにと現地をフランチャイズにしたオーケストラの育成に努力しているという。

それを知って思い立った野口は、早速約束を取りさいたま市の外れに住む高《たか》岡《おか》という若い主宰者を訪ねてみた。

この国の自前の交響楽の不毛を説いて平木なる無名な作曲家に託している自分の試みについて熱っぽく語る野口に、高岡は身を乗り出して聞き入っている。野口は相手に手応えを感じながらその内我を忘れていつかあの平木にも打ち明けた自分の身の内に今でもしまわれている瀧廉太郎の『荒城の月』の話題まで持ち出していた。

しかしそれを聞いた時、なぜか高岡は大きく身《み》動《じろ》ぎし頷いてみせた。

「そうなんですよね、日本人の情念を写したシンフォニーがないんですよね、この国には。何時《いつ》の間にか音楽そのものも外国人に侵されてしまったんですな。あなたの不満、あなたの新しい音楽への本質的な欲求には僕も共感出来ますよ。ですからこれは僕に預からせてください。出来れば僕たちでご要望に応じたいと思います」

高岡と別れて五日ほどして、野口の元に彼から電話があった。

「仲間たちと相談したが、この計画は僕たちとしても是非とも賛同して実現したい。ひいてはその実現のための財政措置をどうするかが問題だが、それについては率直に話し合いたい」

その後さらに、

「楽譜に添えられていたピアノの部分の演奏は素晴らしいです。我々のスタッフにはあれほどの腕の者はいませんが、演奏会の際には是非あの弾き手に参加していただきたい」

とも伝えてきた。

それから間を置いて、二人は平木の新しいシンフォニーの演奏を実現するための予算について話し合った。演奏会場は市の協力を取り付け、市の文化ホールを最低料金で使用することにしたが、肝心のフルオーケストラの構成のための楽器の調達には意外なほどの予算が必要だった。音楽愛好家たちがそれぞれの楽器を持ち寄って構成していたオーケストラも、こと本物の交響楽の演奏ということになるとコントラバスやシンバル、ティンパニ、チューバといった特殊な楽器の持ち合わせはなく、その演奏者も有料で招いて揃える必要があった。

それらの費用は概算すると二千万円近くにもなり現地のスタッフたちにそれを調達する力があるはずもなかった。

結局その費用の算段は企画者の野口の責に他ならなかった。相談の末、

「わかった、予算の算段はこの僕がしよう。もともとこの僕が思い付いて企画したことだからな」

言い切った野口を見直し、

「本当に大丈夫なんですか。僕らにすれば降って湧いたような嬉しい話ですが、事が実現すれば僕たちも胸を張って中央に打って出る絶好のチャンスなん

ですが」

縋るような顔で言う高岡に、

「それはこの僕にとっても同じことなんだよ。僕だって今のまま埋もれて終わるつもりはないんだ。君らと一緒に何か大きなことが出来れば一端《いっぱし》の音楽評論家冥利《みょうり》に尽きるんだよ。任せてくれ。僕は決心しているんだ。だから僕なりの算段はある。後は君らの出来次第だよ」

言って差し出した彼の手を相手は両手で拝むように握り締めてきた。


その日、突然に高木が志郎の本社に明を訪ねてきた。

何故か鬱陶《うっとう》しそうな顔で相手を見つめると、

「実は妙な事が起きている」

「なんだ」

「あの例のミサイルの重要部品だが、秘密が漏れているな。

あれはこの会社の独占受注のはずだったが、先月から突然大手の新生日本工業が防衛省の調達部門に受注を申し込んできたそうだ。なんとこちらで造っているものと寸分違わぬ製品を差し出してみせたと。ミサイルの数ある部品の中のあの致命的な物に何故焦点を当てられたのかな。物の出来映えからしても国の側として異存はないはずだ。となればお宅の独占は崩れてしまうだろうな。それに相手は同じ製品を昔のうちと同じようにアメリカから買わされているミサイル保有国のインドやオーストラリアにも売り出すお伺いを立ててきたそうだ。下手をすれば奴等隣の中国にまで手をのばしかねないな。そして連中がミサイルの精度を上げれば脅威が増しかねないよ」

「それはどういうことかね」

思わず身をそらして聞き返した明に、

「俺がそれを聞きたいよ。なぜ連中がこちらの製品と寸分違わぬ物を造って差し出せたのかね」

身を乗り出して質す相手にたじろぎながら、

「漏れるとすれば内部からしかあるまいな」

「俺もそう思うがね」

「これは俺から社長に打ち明ける」

「何か心当たりがあるのか」

「いやないな、全くないよ」

「誰が何のためか知らぬがこれは裏切りだぜ」

明を迎え入れて事の顚末《てんまつ》を聞かされた志郎は眉を顰《ひそ》め両腕を組んだまま仰向いていた。

暫くして腕を解くと、作り笑いで明を見返し、肩をすくめ、

「これは僕に対する不信かね」

呟くように独りごちた。

「そんな馬鹿な、何を言われるんですか」

「いや君はあまり知るまいが、この家にはいろいろあってね」

肩をすくめて言う相手をまじまじ見返し、

「しかしこれがうちの会社の命取りになるということはありますまい。ならば相手に対抗してうちも外国への販路を開拓しましょうよ」

気負って言う相手をたしなめるように、

「そんなに慌てることもないさ。それにしても誰がなあ」

うめくように志郎は独りごちた。

その年の秋遅く平木の新作交響楽はなんとか舞台に乗せられ日の目を浴びた。

埼玉在住のアマチュアの演奏者たちで構成し不足のパートは有料のプロをかき集めてのオーケストラだったが、指揮者の高岡が発奮しリハーサルを繰り返す内に外部からの助っ人たちもこの新しい試みに共感するようになった。地方の楽団の定期演奏会の客を呼びやすいレパートリーに加えて新進作家の野心的な試みとしての新作交響楽の第一楽章をシューベルトの未完成交響曲に倣って敢《あ》えて試演公表するという謳《うた》い文句での興行だったが、地元のメディアが意外にも協力的で前評判も高まり公演会場はほぼ満杯となった。聴衆の反応も身びいきもあっておもいがけず熱いものだった。

演奏の後の打ち上げの席で興奮した指揮者の高岡が野口の腕を強くとらえ、

「あなたのおかげで日本の音楽史に新しい頁が開けましたよ。これで僕らの夢が叶った。何が東京か、何が地方かということですよ。演奏もかなりの出来だった。特にあのコンサートマスターは拾いものだった。それにあなたが推輓《すいばん》してくれたあのピアニストもね。あんな人が隠れているなんて奇跡みたいなものですな。

それにしても満杯とはいえ採算をとるのは難しいと思いますがこの後も僕も出来る限りのことをして努めますから見捨てないでくださいよ」

涙まで浮かべて言う相手を見返した野口も胸をつまらせ、

「いや僕にとっても評論家冥利に尽きるよ、この後は平木君が早くシンフォニーを見事に完成させて、それを君らの財産としてこなして国中に広げていってくれよ。そうすることでこそ採算もとれていくと思うよ」

相手の肩をたたいて言う野口の脇で二人のやり取りを聞いていた平木が突然野口に、

「あの、なんで紀子さんの御主人は今日ここにおいでにならないんですか」

唐突に質してきた。

「なんでだね」

「あの人が今夜の出来を眺められたら予算の心配なんぞ必要ないでしょうに」

「君が余計な算段をすることはないぜ、これは僕があくまで僕の発案で始めたことなんだ、だから事の収支の責任はあくまで逆立ちしてでも僕がとるよ、僕にも自分の仕事を支えるために抵当にいれる財産ぐらいあるのさ。だから君は余計な心配はせずに早く君の仕事を完成させることだよ」

胸をはって突き放すように言い切る野口を平木は臆したように見返していた。

「しかしそれにしても僕らには想像がつかぬ金がかかった筈でしょう、高岡さんも地元の県庁にかけあったが出してくれたのは県の持っているあのホールのレンタル料の半分だけだったそうですね」

「だから余計な心配をするなと言っているんだ」

「しかしこれからのこともありますからね、僕はいささか心配ですよ、だってこの後僕は僕なりにシンフォニーの続きの楽章を仕上げますよ、その公演にはまたさらに金がかかるでしょうが」

「わかっているよ、その算段も考えているさ。大事な事は君がはたしてこの後どれだけ見事なシンフォニーを仕上げてくれるかなんだよ。そのために俺は逆立ちしてもこの企画を仕上げてみせるよ、俺も君と同じように命懸けということさ。だからなんと言われようと成し遂げてみせる、そのために罪人にされてもいいくらいだよ」

嘯くように言い捨てる野口を平木はまじまじ見返していた。

そんな相手を肩をすくめながら宥《なだ》めるように、野口は続けた。

「君は知るまいがずうっと昔に見た映画があるんだ、音楽についての夢の話だよ。確か『ここに泉あり』とかいった映画だったな。敗戦の後間もない頃だ、確か群馬県の音楽マニアの仲間たちが寄り集まってオーケストラを造って地方の巡業も繰り返しながら、その間に抜ける者とどまる者いろいてね、あの頃大御所の山田耕筰が指揮までしてくれて、最後は東京の一流の楽団との合奏でお定まりの第九で功なり名とげてね。僕も子供の頃あれを見て感動したものだよ。しかしあの頃に比べりゃこれだけ豊かというか贅沢な世になりながら、この国の音楽の貧しさはどういうことなんだ。僕はそれに気付いてこのことを思いたったんだよ。この試みは絶対に間違っちゃいない」

その日不意に明を訪ねて来た高木は何も言わず明を促して外に連れ出した。社屋の外の喫茶店の隅に向かい合って座るといきなり、

「君の会社にはスパイがいるな」

「どういうことだ」

「例のミサイルのお宅が独占して国に納めている部品の情報が何故外に漏れたのかね。数ある部品の中のどれに価格の盲点があるかを誰も知らなかった筈《はず》

だ。別の筋から調べさせたら新生日本工業はお宅が造って納めている製品の一つを入手していたそうだ。しかもその対価を払っているそうだ」

「それは防衛省の手の中から漏れたということは」

「それは絶対ない」

塞ぐように高木は言い切った。

「情報が漏れて大手の新日工が同じものを造って国にお宅よりも低価格で納めたいと言いだした。それに連中は同じ状況にあるオーストラリアやインドにも売り込みをかけるつもりだよ、その仲立ちを日本の政府に依頼してきている。政府としたら国産の人工衛星を添えて、彼ら独自のGPSシステムを所持できたら外交上結構な話だろうな。

俺は君の会社の経営状況については知らないし、大手が同じものを手掛け出したという事がどれほど響くのかはわからんが、あの製品に関してのお宅の独占が崩れたという事実は重く見た方がいいのじゃないかと思ってね。別の筋から調べさせたが新日工はお宅の製品の一つをどの筋からか手にいれているな。

まさか君がとは思うがね」

「馬鹿言え」

「だろうな、としたらこれから先のために社内のどこから水が漏れたかを確かめた方がいいな」

言われて思わず腕を組んでうめく明に、

「これは君自身のためにも君から社長に知らせた方がいいと思うがね」

明も大きく頷かざるをえなかった。

差し向かいで明の報告を聞きながら志郎は困惑しきった表情で天を仰いで暫くものを言わなかった。

「社長に心当りはありますか」

「いやないな、全く」

畳み込んで質した明を見返した志郎の顔はなぜかもの悲しげに見えた。

それから半月ほどしてまた高木が明を訪ねて来た。座わるなりいきなり、

「例のミサイルの部品の秘密を新日工に漏らした奴はこの会社の中にいるな。しかもそいつはあの部品の一つを持ち出し相手に渡して対価を手にしているぞ。しかもそいつはどんなつもりか知らんが自分の方から言いだしての持ち込みだよ。

これはまさに獅子身中の虫だぜ。放置しておくと命取りになるぞ」

「そいつの名を新日工から聞きだせないものか」

「それは相手も漏らすまいよ、これから先のこともあって奴らにすれば競争相手の手の内をさぐるに格好の情報屋だろうからな」

「わかった、その仕事は俺がやるよ、折角の君の好意を絶対に無駄にはしないから」

その翌日明は北陸のメインファクトリーにでかけていった。所長は部屋に荒々しい足取りで入ってきた相手の険しいまなざしに驚きながら、

「突然何事ですかな」

「これはあなたの責任問題でしょうな」

居丈高にかぶせて言う相手に眉《まゆ》をひそめ、

「一体何がありましたか」

「例の私が持ち込んだミサイルの部品の機密が漏れてしまったんですよ。大手の新日工があのパーツの何たるかを摑んで同じものの廉価《れんか》での納入を図りだした。私の調べだと彼らはどうやってかうちで造った製品そのものを手に入れそれを渡した者に対価を払っている。これは背任というか裏切りでしょうに」

言われてのけぞり顔色を変える相手に、

「あれを納入するにあたって一品一品製造番号が打たれているはずでしょうが、それからたどれば犯人はわかるはずでしょう、至急調べることですな」

「わかりました直ぐにも、しかし少し時間がかかりますが」

「結構。わかるまで待ちますよ、今夜はこちらに泊って明日にでも出直しますよ」

言って立ち上がる明を相手は怯えた顔で見上げていた。

翌日出直した明を昨日よりも強張り怯えた顔で出迎えた所長が首をかしげ肩を竦《すく》めながら、

「わかりましたが、私には訳がわかりませんな。相手に渡した製品はLU２５７８です。しかしこれはお身内の野口取締役のご依頼でじかに渡したものですがね。これは一体どういうことなんでしょうか」

すがるように身を乗り出し首をかしげる相手に、明も戸惑いながら何と答えていいのかわからずにいた。

明は鎌倉に戻ると翌日野口の在宅を確かめ彼の家に乗り込んだ。上がるなり居間で相手の胸倉を摑み、

「あんた、どういう魂胆で俺たちを裏切ったんだ。貴様がうちのミサイル部品の秘密を新日工に持ち込み金までせしめたのはばれているんだぞ。身内をかさ

にきて社長を騙《だま》しこの俺までをこけにしやがった。汚い奴だよ全く」

言うなり摑んで引き寄せた相手の顔を殴りつけ野口は顔から血を流しながら仰向けに倒された。

「何をするんだ」

「貴様のような奴は殺されてもいいんだ。裏切り者が」

倒れたままの相手を引き起こしなおも殴《なぐ》りつけようとする明を懸命に手で制して、

「待て待てよ、これには訳があるんだ」

「訳とは何なんだ」

「お前ら戦争屋なんぞにわからぬ別の大事な仕事のためだよ」

「俺にわからぬ仕事とはなんだ、何なんだ言ってみろよ」

「音楽だよ、戦争のどんぱちなんぞと関わりない音楽というものなんだよ。それは社長も、志郎君も承知の上のことだ」

「社長もだと」

「そのための急場の措置でやったことだ。訳を話せば彼だって認めてくれる筈だ、これは彼のためだけじゃなし、北原という会社の品格のためにも必要なことなんだ。俺がやったことで君が手助けしてぼろ儲けしている会社が潰《つぶ》れる訳もないだろうが。今に見ていろよ、お前みたいな音痴野郎でも涙を流すような音楽をこの俺が作り出すのさ。そうしたら北原の家を興した先々代の北原剛造もさぞかし喜んでくれるだろうさ。俺はたしかにあの製品を盗みだして俺の仕事のために当てたよ、しかしそれでミサイルなんぞよりはるかに価値あるものが出来上がり会社の格も上がるんだ。それで財界での北原志郎の存在も注目されれ今みたいにただの地方の豪族に近い存在からもっと幅の広い志のある男としても注目されるようになるさ。それを思えば北原一族にとって安い投資だよ。それにこれは紀子さんにとっても大切なことなんだ」

それを聞いて何故か顔色を変え語気を荒らげて、

「それがあの奥さんのためとは一体どういうことなんだ」

つめよる相手に、

「彼女は素晴らしい才能の持ち主なんだよ。日本人で初めてショパンのコンクールで優勝した木の宮育子の才を引き継いでいるピアニストなんだよ。しかしそれを羨《うらや》んだ志郎の母親が手元にとどめて自分の教室の助手にしたてて飼い殺しにしてしまったんだ、むごい話だが、女同士の嫉妬ということだ。しかし俺にはそれが見えすいてわかっていた、だから彼女の才能を見殺しにしてしまわぬように地方での小規模のコンサートに彼女を無理にも引きだしてきたんだ。そしてその効果はこの前の埼玉でのあの男の新しいシンフォニーの試演で証明されたと思うよ。指揮者の高岡だけじゃなしに誰もがそれを認めているんだ」

明は言いつのる相手の胸倉から手を放し何かを無理に飲み込むように頷くと、

「しかし、あんたがあれをやったということだけは俺から社長に報告はするぜ、彼がそれをどう捉えるかは知らないが俺にはどうにも承知出来ぬことだとは伝えておくがね」

未だに事を承服出来ぬ面持《おももち》ちで握っていた拳を開く相手を、野口は殴られた頬をさすりながら、何かを確かめなおす気持ちでしげしげ眺めなおした。

翌日明は社長室に志郎を訪ね野口の一件についてあからさまに報告し社長としての判断を迫った。

しかし彼の報告を聞いている間の志郎の反応は不思議なものだった。眉を顰めながら何故か俯き、聞き終えると訴えるようなまなざしで明を見返した。

「これをどうなさるつもりですか」

問い詰める明を薄い微笑で見返し、

「その事は僕も知っていたよ。いや彼からも打ち明けられていた、彼は彼での思いがあってやったことだろうな。そのために彼は自分のあの家も抵当に入れたそうだけど、しかしあの敷地内に他人を住まわせる訳にはいかないだろうに」

「それはつまり、あなたに自分の尻を拭《ぬぐ》わせる魂胆ということですか、しかしそれでは会社という組織はもちませんよ。しかもぬけぬけとあなたの奥さんのためにもやったことなのだとはね」

言いつのる相手を片手で制し、

「君は知るまいが彼は僕とは腹ちがいの兄弟なんだよ、僕は彼のやっていることを理解するには遠い人間だが、この家の中での彼の立場に気遣いはしているつもりだ。彼だって北原の家の者として何かするつもりでいたと思うよ」

「そうかあの人はあなたの」

思わず絶句する相手を宥めるように、

「僕も最近彼からそう打ち明けられて知ったんだ、この北原の家の血筋というのは何と言うか複雑に乱れているんだよ。君みたいな人間が加わってくれたのは嬉しいことなんだ」

「ならば奥さんは」

「彼女は間違いなくその源流ということだろうな、日本人で初めて外国でのピアノコンクールで優勝し先々代の北原剛造が見込んだというお祖母《ばあ》様の才は受け継いでいるようだが」

言われて言葉が継げずにいる相手を救うように続けた。

「いずれにせよ君がそこまでうちのことを思ってくれているのは有り難いよ、まあ君が持ち込んでくれた新しい仕事のシェアを誰かに食われてもうちはほかでもなんとかやっていけるさ」

九

そしてその翌年の夏前に平木は前作に次ぐ第二第三楽章を仕上げてきた。

「これでなんとか新しいシンフォニーをものすることが出来そうです。あなたのお陰で僕は音楽を手掛ける者として生まれ変わった気がしています」

野口にむかって深く頭を下げる平木に、

「いやあ良かった、これで俺も音楽に関わる者として男が立つよ。日本製シンフォニーを久し振りに世の中に送りだすことができるんだからな」

高岡を見返りながら平木の手をとって言う野口に、

「いやあなた、これは正確にはシンフォニーとは言えないかもしれないよ、これからの宣伝のためにもそれは気にしておいた方がいいかもしれない」

高岡が言いだした。

「なぜだ」

「平木さん、この作品の中のピアノの部分は無理してでも他に変えられないですかね」

「なぜだ」

咎めるように質した野口に、

「いや、これだとピアノの部分が多くて通常では交響楽というよりもやはりピアノコンツェルトということになるなあ、勿論それはそれでいいんだけれど、あなたの意気込みは日本での久々の新しいシンフォニーという建て前でしょうに、これからの宣伝のためにはやはりシンフォニーと言い切れるものの方が迫力もあると思うけれど、この部分を他の楽器に変える訳には行かないものですかね」

「それは駄目だ絶対に出来ない」

平木が叫ぶようにして言った。

「なぜだね」

問い質す高岡に、

「これはあくまでもあの人に弾いてもらいたいんだ」

顔色まで変えて激しく言う平木に、

「なぜかね」

質した高岡の前で野口を見つめると、訴えるように、

「あなたならわかるだろ、最初あの人に松本の家まで来てもらって僕のピアノで弾いてもらったことで僕は目覚めたんですよ。あの人がいなかったらとてもここまでの作曲はしなかった。埼玉のホールで第一楽章の演奏を聞かされてそう思ったんだ、それを今更どうして」

声まで震わせて言う相手をまじまじ見返し、何かを胸にしまいながら、

「わかったよ、シンフォニーだろうがコンツェルトだろうが、素晴らしい音楽

には変わりないんだ。羊頭狗肉と言われようがこの作品は今までになかった正しく新しい音楽なんだよ。この仕事の生い立ちからして今さら彼女を外す訳にいきはしないよ。君の気持ちはよくわかるよ」

宥めて言う野口と言われて強く頷き返す平木の二人を高岡は怪訝《けげん》な面持ちで眺め直し、

「いやあなた方がそう言うなら僕に異存はありませんよ。所詮、カテゴリーの問題ですからね。しかし確かにあの人は素晴らしい、あなたの気持ちは良くわかるな」

高岡に言われて頰を染める平木を眺めながら、

「あなたは知るまいが彼女には彼女の師匠の母親である天才・木の宮育子の才能が引き継がれているんだよ。僕は前からそれに気付いていたから、なんとか彼女を世の中に引き出してやろうと思っていたんだ。それがこの事でなんとか叶いそうな気がしている。これも君のお陰だよ。ともかく彼女のためにも作品を早く完成させてくれよ」

野口に言われて強く頷く平木を野口はあらためての思いでまじまじ見直していた。

そして翌年の夏前に前年の暮近くに完成した平木の手に成るシンフォニーは日の目を見ることになった。彼が大河ドラマの音楽を担当したテレビ局も腰を上げ番組の合間に演奏会の宣伝を挟んでくれもした。埼玉県は東京に隣接しながら今一つ注目を浴びることのない立場の挽回を見込んで画期的な試みとして全面的な協力を惜しまなくなった。

念入りなリハーサルの後の当日の演奏会は県民の音楽マニアたちの心を引いて満員の盛況ともなった。演奏の成果は二流のメンバーなりにかなりのものとなり、上気した指揮者の高岡は最後にコンサートマスターと固い握手をした後、ピアノを弾きこなした紀子を引き寄せて握手の後で改めて客たちの拍手を取り持ったりしたものだった。

そのしぐさの思いがけぬ副産物として、野口との義理で東京から出向いていた評論家たちが彼女の演奏にそれなりの印象を受け評価をしていたところに、野口に質して彼女があの伝説的なピアニスト木の宮育子の孫弟子だということを知りそれを喧伝《けんでん》したためにいくつかのテレビ局が木の宮育子の伝説を改めて放映してくれ古い映像の紹介に重ねて紀子をテレビ番組のゲストに招いたりするようになった。

そうした流れの中である夜志郎が寝室で彼女に向かい合って突然、

「俺は君に謝らなくちゃならないのかもしれないな」

神妙に呟いて見せた。

「それどういうことなの」

「いや、僕は音楽については不得手だけれど、この前の君は素晴らしかったよ、初めてあんな君を見たような気がしたな。何というか目の前で蝶《ちょう》が羽化というのかな、別の君に生まれ変わるのを目にしたような気がしたんだよ」

「嫌ねえ今ごろ急にそんなことを言って」

「君はやっぱり僕には過ぎたるものだったのかもしれないよなあ」

「馬鹿なことおっしゃらないで」
確かめるように見返した彼女に志郎は突然手を延べ乱暴なほど強く引き寄せ抱き締めた。

そしてその年の秋遅く野口のプロデュースする紀子のピアノリサイタルが新潟で行われた。今回は以前とは違って埼玉での演奏会で実力を認められたコンサートマスターの中西《なかにし》を添えてバイオリンソナタ「クロイツェル」が演目とされ後援の地元の有力紙が肩入れしてくれ、加えて紀子と伝説的な木の宮育子との関わりも喧伝され評判が広がり千人近く入るホールもほぼ満員の盛況となった。

今回の地方演奏会には野口は平木のシンフォニーの本格演奏の算段で後援のテレビ局とその系列の新聞社との打ち合わせで随行出来ず、代わりに音楽には疎いが手の空いている明が彼女の身の回りの世話に同行することになった。

盛況に終わったことに喜んだ主催者の新聞社の担当役員が演奏後の楽屋での祝杯の後に三人に明日あさってにさしたる予定がないのを確かめ新潟からさして遠くもない蓬平《よもぎひら》温泉で疲れを休めてはどうかと勧めてきた。聞くところ人里離れた秘境とも言える人家もまばらな温泉宿も僅《わず》か数軒しかない憩《いこ》いには絶好の場所で谷間の川に沿った天然風呂の味わいは絶品だという。そして主催者はあらかじめ気をきかしてその宿をおさえているともいう。

「素晴らしそうね」

言いながらもためらっている紀子に、

「いいじゃないですか、お疲れをとるのには絶好でしょう。いくら鄙《ひな》びたといっても熊が出る訳じゃないだろうに、いや熊でも出たら僕が捨て身で退治して見せますよ」

明に言われ紀子もようやく頷いた。

新潟の市内から車で山中を一時間ほど走ってたどりついた蓬平温泉なるとこ

ろはまさに他から隔絶された秘境で他に民家も見えず、谷間を流れる渓流を覗きこむような斜面に見るからに古い木造の宿が三軒立ち並んでいるだけの土地だった。

三人を待ち受けていたのは川に沿って下手の三軒の内やや大きめのこれもいかにも古い木造の宿で中西には本館の大座敷に寝具が用意されていて、紀子と明が案内されたのは渡り廊下を伝っての昨年特別の客用に建てたという本館よりも僅かに小高い崖《がけ》を切り開いてつくられた台地にこちらだけはコンクリート建ての新しいゲストハウスだった。

本館の大座敷で渓流の魚と地元の山菜でのこの土地ならではの夕食を終え、

「うああっ感動するなあ、僕は今夜この広い座敷を一人で占領して寝られるんですよ」

はしゃいで言う中西に、

「中西さん油断していて鼠《ねずみ》にさらわれていなくなったりしないでよね」

紀子までがはしゃいで冗談を口にしたりしたものだった。

その後三人して宿から降り河原にしつらえられた露天の温泉に入った。間近に川のせせらぎを聞きながら満天の星を仰ぐ入浴は演奏の緊張を拭いさり二人の演奏者は何度となく溜め息をついて湯にひたりつづけた。

その内中西がなれない酒が回ってのぼせ気味になったといい一足先に湯から出て部屋に引き返していった。

その後残された二人は岩で僅かに仕切られた隣あわせの湯船につかりながら満天の星を仰ぎつづけていた。

「奥さん長湯してのぼせませんか」

「いえ私は大丈夫よ、このままここで眠りたいくらいよ」

「演奏の緊張というのは僕らにはわからぬ大変なものなんでしょうね」

「あなただって戦争にいかされて大変だったのでしょうに」

「いや僕らのあれは戦争なんて言えない半端なものでしたがね。それよりもこうしていると思い出しますね」

「何を」

「いつか皆して行った式根島のあの谷底の海の中で貴女と二人きりで狭い温泉に入っていて」

「ああそうね、突然大きな波が来て私溺れそうになってあなたにしがみついたわね」

「僕もよく覚えていますよ、僕まで溺れそうになったな」

「それとあの茅ヶ崎の沖の岩の島で突然沢山の鮫に出あって、私あなたにしがみついたのね。あの時もあなたのお陰で助かったわ。あなた本当に頼りになるわ」

「みんな楽しい思い出ですな」

「そうね今夜も楽しかった、言われてここへ来てみてとても良かったわ。中西さんはもう寝てしまったのかしら」

そして異変はその夜半に突然起こった。

二人が床について間もなく鈍い地鳴りが暫く続いて聞こえ眠りを妨《さまた》げた。

不安にかられ起き上がった紀子が隣室の明に声をかけ二人して首を傾げ耳を澄まして座りなおした時、突然建物を激しく突き上げる地震がきた。悲鳴を上げ思わず目の前の明にとりすがる紀子を固く抱きとめた明の腕の中で、

「私死にたくない、お願い助けて」

喘いで叫ぶ彼女を、

「大丈夫、大丈夫です僕がいます、落ち着いてください」

腕にしたものをあやすように揺すぶって見せた時、今度は前よりも更に激しい揺れが建物全体を突き上げ揺さぶってきた。

恐怖にかられて何かを叫びながら彼の腕から逃れようとする彼女を乱暴なほど強く引き止め、のけぞりながらなおも逃れようとする彼女を引き戻した時何かの衝動に駆られて明は彼女の首を捉えて引き寄せ喘いでいる彼女の唇に強く唇を合わせてしまっていた。

そしてそれは驚くほど呆気なく恐怖に錯乱しかけていた彼女を沈静させてしまった。彼女もまたそれに気付いたのか自分を預けるように彼に強くすがりな

おした。

その瞬間彼は体の内にたった今二人を突然襲ったような、体の平常の知覚を痺《しび》れさせるような何かが突き上げるのを感じていた。

そして二人が今二人の間に突発した出来事にたじろぎ互いに確かめ合うように間近に見合って何かを口にしようとした時また突然激しい余震が襲い紀子は夢中で彼にしがみついた。余震はそのまま長らく続き抱き締め合ったままの二人を離そうとはしなかった。

互いに床に就く前にまとった薄いはだけた浴衣《ゆかた》の真下に激しく息づきながらとりすがる彼女の熱い体があった。それを感じとった瞬間明の体の内に熱く激しく蘇るものがあった。それはつい先刻あの河原の露天風呂で夜空を仰ぎながら語り合ったあの離れ島の峡谷の海辺の温泉で突然の大波に襲われしがみつく彼女を受け止め抱き締めた時の生々しい感触だった。それに駆られるまま抱き付いて離れずにいる彼女の乱れはだけた浴衣に手をかけ彼女を押しひらき抱き締めた。そして争うこともなく身を晒《さら》されていく彼女の内に押し入った。そして彼女もなおも救いを求めるように彼に抱きすがったままだった。

夜が明け外が白みだした頃まで二人は未明の恐怖から逃れるように眠りこけていた。起き上がり自分の部屋に戻って身繕いしながらも紀子は視線を合わす明に俯いて許すようにほほ笑むだけでその様子は未だに昨夜のおそろしい出来事の記憶から覚めやらぬようにも見えた。

「外の様子を確かめて来ます」

言って立ち上がる明に、

「中西さんはどうしているかしら」

その声を背にしながら地震で歪《ゆが》んだ扉をこじあけ玄関前に立って外を眺めた明は思わず息を呑んだ。辺りの光景は一変していて、本館の建物は倒壊し、その先の川の上手にあったもう一軒の宿も姿を消してしまっていた。

倒壊し瓦礫《がれき》と化した本館の屋根の上をなんとか歩き回りながら明がかけた大声に答えるものは全くなかった。

もどった明に、

「中西さんはどうかしら」

「駄目でしょうな、潰れた建物の下に埋もれたままでしょう」

それを聞いて紀子は初めて声をたてて泣き出した。


明は部屋に戻って携帯電話を操作した後顔色を変えて、

「奥さんこれは厄介なことになりましたよ。この辺りでは電話が一切つうじませんな。こんな山の中で電波が届かないんでしょう。留守宅にも多分新潟の新聞社にもだめでしょう。連絡をとるにもどこか大分はなれた地点まで行かないと助けの求めようもないな。それに食べ物ですね。来る時は夜だったので途中どの辺りに何があったのかもさっぱりわかりませんからね」

その日一日かけて明は食べ物を探して倒壊した瓦礫の隙間《すきま》をぬってはい回ったが男一人の手ではなす術《すべ》もなかった。

その翌日明は意を決して山を下りいずこかで生き残るための食料の調達に出かけることにした。

部屋を出て行く彼を見送りながら、

「あなた気をつけて必ず戻ってきてくださいね」

泣きそうな顔で懇願する紀子に、

「それよりも奥さん勝手にここから出ないでいてくださいよ。見た限りこの建物の土台は本館よりも確かに見えるが、またいつ余震がくるかもしれませんからね」

念を押して出かける彼を紀子は泣きそうな顔で見送っていた。

宿を出てからの明の行程はまさに難行苦行だった。集落の方角は道が周りの崖の崩落で塞がれ他に行く道の見当もつかない。太陽を確かめ真北を目指して進み十キロを超す道程をこなしてようやく名の知れぬ十軒ほどの集落を見つけ事情を話し、わずかな米とタクアンを分けてもらったがここまで来ても携帯の電波はつながらなかった。

住人に聞くとこれからさらに下った辺りに送電線の鉄塔がありその辺りからなら電話もようやく機能するという。

その地点までたどりつきなんとかおとといのコンサートの主催者だった新聞社を呼び出し地震の状況について質すことが出来た。気象庁の発表だと昨日の未明の地震は震度七という強大なもので震源地の中越地方の被害は甚大《じんだい》で中越地方全体が孤立しているという。

電話に出た相手に救いを頼んだがコンサートの担当者とは違っていて相談のしようもなかった。一応二人の孤絶を訴えたがその場で相手にも救いの手立てはありようもなかった。

辺りが暗くなりかけた頃明はようやく元の宿にたどりついた。泥まみれになり部屋の床に倒れこむ明を待ち受けていた紀子は泣きながら叫んで迎え入れとりすがって抱き締めた。泥に汚れた彼の顔を両手で挟み激しく唇を吸ったのは彼女からだった。そのまま抱き締め合いもつれて倒れこみ二人は激しく相手を晒し合い彼女に押し入り突き進む彼を彼女もこの相手を決して失うまいとするように懸命に抱き締め応えていた。その高ぶりは何故か二人にとって今までのいつとも全く違う新しい人生が今突然あの激しい地鳴りのように到来したのを感じさせてくれた。互いに行き着き息づきながら見合った時二人して感じたものはある断絶と同時に得体の知れぬ生々しい蘇生の実感だった。

彼の腕の内で涙して、

「私たちこれからどうなるのかしら」

喘いで言う彼女に、

「生きるんですよ。二人して生きるしかないんです」

叱るような彼に応えて紀子も懸命に頷いてみせた。

その翌日宿屋の本館の瓦礫を調べに見回ってきた明が顔を輝かせて戻ってき

た。宿の屋外に建てられてあった物置を念のために調べてみたら思いがけず味《み》噌《そ》や醬油《しょうゆ》の備蓄が見つかったという。

「これで二人してここで助けが来るまで籠城し生き延びることは出来そうですよ」

顔を輝かして言う明に、

「でもそれはいつになりそうなの」

怯えた顔で言う彼女に、

「これだけの災害だと我々二人だけの救出は大分後にされるでしょうが、僕にはあるつてがありますからそれを試してみますよ。大丈夫、必ず貴女を鎌倉のお宅におくりとどけてみせますから」

手をのべて彼女の腕を捉えて言いきる彼をなぜか彼女はまた怯えた顔で見返し懸命に頷き返してみせた。

十

それから二日おいて明は再度救出要請の連絡のために宿を出て山を下り今度は防衛省の高木を呼び出し救出の手立てを講じてみた。明たちの現況に驚いた高木はその場で明を待たせ四方に問いあわせたが災害の被害は甚大《じんだい》で被害者の救出は切りがなく、防衛省の権威を笠に着て格段の配慮を要請してみてもたった二人の救出のためのヘリの出動はどんなに急いでも一週間は先になろうということだった。

「それまでなんとか生き延びられそうか」

と質して来る相手に、

「幸い食い物の目途はついたから、まあなんとかなるだろう、問題は彼女だが死ぬよりもましだと覚悟してもらうしかないな」

「野郎の部下とは違って貴様には慣れぬお勤めだろうが、まあイラクの砂漠の中での孤立に比べれば我慢もしようがあるさ。なにしろ社長の奥さんのお守りだから責任も重かろうがな。とにかく後一週間のことだ。なんとか凌いでくれよ」

「そうかあと一週間か」

一人ごちながらも何故か自分がそう滅入っていないのに気づいて彼は驚いた。そう悟りながらこのまま更にあと一週間と告げた時の彼女の顔を思った時、自分の胸が妙にときめくのにさらに驚いた。

その日もまた泥まみれになって帰りついた明を抱き締めて迎え入れた紀子に事の報告をしたが、後一週間と聞かされても彼女は動じることはなかった。

「覚悟しています、死ななければいいんだわ、これも皆あなたのお陰だわ」

言いながら紀子は明が建物の廃材で工夫して造った竈《かまど》に彼が下の集落から米と一緒に借りてきた鍋をかけ彼のライターで火を起し彼の留守の間に周りの草地から集めてきた山菜を炊《た》きこんでの雑炊《ぞうすい》をかいがいしく作りはじめた。その様子は明にとっても初めて目にするもので思わず目を見開かされた。

「奥さんのそんな姿は驚きですなあ」

思わず口にした明へ振り返り、

「人生というのはいろいろあるものなのね、これであなたがいなければ私はどうなっていたのかしら。あの野口さんと一緒だったら私とても生きてはいられなかったと思うわ」

「いや私も同じ事です、ご一緒させてもらって僕は幸せでした」

思わず言った彼に振り返ると、

「あなたと私には二人だけの秘密があり過ぎるわね」

言われて思わず身を起しにじり寄って後ろから彼女を抱き締めようとする彼の手を押しやって、

「駄目よ」

言いながらも彼女は彼にもたれてのけ反り二人はそのまま唇を合わせていた。

粗末ながらも彼女の手になった雑炊は疲れて戻った彼をなんとか蘇らせてくれた。

ささやかな晩餐《ばんさん》の後の二人には長く暗い夜しかありはしなかった。思いがけぬ災害は皮肉なことに地震の恐怖を上塗りするように満天の星に満月を昇らせて来た。

空の明りが荒廃の跡を不気味に照らしだす中を二人しておぼつかない足元を互いに支え合いながら坂を下り川べりの露天風呂までたどりついた。

憚《はばか》る目のある訳もなく二人して素裸のまま風呂につかっていた。

「ああ、これは夢じゃないんですよね」

思わず口にした彼に、

「どういう事」

「こうしていると思い出すんですよ。あの島の谷底の温泉で貴女と二人だけで岩の間の温泉につかっていた。そして突然大きな波が来て貴女は僕にしがみついてきた。僕はそれを抱きとめて暫く放さなかったんです。あの時の幸せを今思い出しますよ」

「私もそうよ。あれは誰にも秘密だけれど、私やはり悪い女なのかしら」

言って俯く紀子は手を延べ引き寄せる彼に争わずそのまま預けるように身をよせた。そして明は抱き締めた彼女の体をそのまま持ち上げ風呂の縁の岩の上に晒して押し開き彼女の内に押し入った。彼女は高く声を上げて彼を迎え入れた。闇の中で今完全に解き放たれた二人は互いに乱暴なほどむさぼり合い彼が行き着く瞬間に彼女も悲鳴に似た声を上げてのけ反った。

そして闇の中で挙げられた秘密の儀式の生《い》け贄《にえ》のように二人は抱き締め合ったまま動かなかった。そんな二人を覚醒に促したのはまた鈍い地鳴りをともなった新しい余震だった。

そして闇の中で悦楽の後の覚醒は素裸で抱き合ったままの二人に突然淡い後ろめたさを呼び起こし、互いにそれを感じながらもそれにあらがうように二人はまた激しく抱き合って動こうとしなかった。

それから五日しての昼過ぎ二人は死んだような静寂の中で突然しじまを破る爆音を聞いた。建物から走り出た二人の上の空にヘリコプターが旋回していた。手を振る二人を確認したようにヘリは機体を揺すりながら旋回し着地をあきらめたのか上空でホバリングし、そのまま二人を吊り上げるために開かれた扉から隊員が降下する気配だった。

それを仰ぎながら突然紀子が手を延べて彼の手を握り締め、

「あなたこれまでのこと二人だけの夢にしましょうね」

口走った。

それを見返し、

「わかっています。誓います」

爆音に消されぬように大声で明も応えた。

救い出された二人は新潟の基地までの短い飛行の間なぜか身を震わせながら

互いに肩を抱き合っていた。

たどり着いた基地では待ち受けていた何人かのメディア関係者がありきたりな問い掛けをしてきたが明が救出へのありきたりな感謝の言葉を述べて逃れた。

救い出されてみれば二人を襲ってとじこめた地震の被害は想像を超えてい、断絶された帰路は困難を極め迂回《うかい》と乗り継ぎを繰り返し二人がようやく鎌倉にたどり着いたのは翌日の夕方だった。

迎え入れた紀子を志郎は涙を浮かべて抱き締め、同じように潤《うる》んだ目で明の手を握り締め彼女を守り通し勤めを果たしてくれた功に感謝を繰り返した。

野口夫妻も同席しての晩餐は帰還した二人の今までを想っての空腹に優しい献立だったがそれを貪《むさぼ》りながら紀子があの孤絶した山の中での献立の苦労について話すと誰しもが想像もつかぬ二人の状況に感嘆の声を上げていた。

離れた所にいた彼等にしてみれば孤絶させられた二人の立場はテレビ報道の

凄まじい映像からしても救いのないまま亡くなった多くの被害者たちの有様からしても奇跡に近いものでまさに死者の復活に近かったのだろう。

翌々日出社した明を志郎は社長室に呼び改めて懇篤《こんとく》に感謝を述べた。それは夫婦の片割れとしての真情あふれるもので明もあの山奥での出来事を思い出すことなく心を打たれた。

その日加納夫人の家での久し振りのブリッジパーティでは紀子の新潟でのあの大災害での生き残り体験がゲイムのなり行きを外れて圧倒的な関心事となった。

周りから様々問われるほど紀子が寡黙になり終《しま》いには拒むように俯いてしまうのを見て野口が救うように、

「その話はもう止めにしましょうよ、彼女にしてみれば、もう思い出すのもつらいことだったと思いますからね。重い癌《がん》から蘇生した人間に病気のつらさを質してもそれは健康な人間の驕《おご》りでしかありませんからね」

それに応えて竹田夫人も、

「そうよ、本当はもっと早く皆でお祝いしなくてはならなかったのよね」

言われて紀子はそれも拒むように俯いたまま弱々しく首を振ってみせた。その顔はなぜか青ざめてもいた。

それから暫くして一ゲイム終わった時彼女は突然立ち上がり、

「私ちょっとお手洗いに失礼します」

胸を押さえて立ち上がり小走りに部屋を出ていった。それを見て、

「大丈夫かしら」

野口に促されて良子が立ち上がって彼女の後を追った。そして追いついた良子の前で彼女は洗面台に向かってかがみこみ激しく吐いていた。

その背を擦る良子に振り返ると、

「もう大丈夫よ、私欲ばってお昼に家で食べすぎたみたい」

弱々しく笑ってみせた。

「私今頃になって疲れが出てきたのかしら」

つくろうように笑ってみせる彼女をなおも確かめるように見直す相手に、

「もう大丈夫よ」

努めて笑って見せる相手を見返し良子は彼女を支えるように手をのべた。

加納邸を辞して戻った家で、

「紀子さん大丈夫かな、新潟での出来事はこたえただろうからな。それにしてもこの所だいぶ彼女を酷使してきたからな」

眉を顰めて口にした夫を遮《さえぎ》るように、

「彼女おめでたなんじゃないかしら。そう思うわ」

「えっどういうことだよ」

「さっきのあれは悪阻《つわり》じゃないかしら、女ならわかることよ」

「そうか、それならこれから先のことも考えなくちゃなるまいな、志郎君も喜ぶことだろうな」

その翌々日訪れて検診を受けた市内の産科病院で紀子の妊娠は明らかになった。医師からそれを告げられて絶句して俯く彼女を怪訝《けげん》そうに見やる医師に暫く宙に目を据えた後意を決したように向き直るとお腹に手を添えながら、

「先生、これは中絶して戴けませんか」

目を見据えて訴える相手を医師も驚いて見返した。

「一体なぜです」

「私ピアノのリサイタルの予定が間もなくいろいろあるんです、それを延ばす訳にはとてもいかないんです、どうかお願いいたしますわ」

言われて医師はのけぞり、

「それは難しいことですな、あなたのお腹の赤ちゃんはもう四ヵ月をすぎていますからね。中絶手術はかなり体に負担がかかりますよ、それはご主人も承知の上でないと大仕事になりますよ。それをよくご相談の上にして戴かないとなりませんな」

した。

言いわたされて肩を落とし、

「わかりました、主人とも相談して出直します」

言って立ち上がる彼女を医師はいぶかりながら労《いたわ》るような目で頷いて送り出した。

そして翌日の午後彼女は家政婦に買い物を頼んで送り出したのち、明の居室に忍びこんだ。探し物は直ぐに見つかった。それは彼の下着にくるめてクローゼットの隅にしまわれてあった。

黒光りするその禁断の品物は生まれて初めて手にしてみると意外に軽かった。目的のためにどうすればよいのか分らず映画で見たシーンを思い出し撃鉄《げきてつ》らしきものを指で引き起こしてみた。手にしたものは忠実に応えるようにかすかだが小さな音をたてて身を起し彼女を促した。

目を閉じて壁に向かって引き金をひいてみた。手にした物は彼女の手の内で乾いて高い音を立てて踊り手元から飛び出たものは壁の板にはじけた。

　耳をすまして辺りをうかがってはみたがたった今の物音におびえて応える者の気配はなかった。それを確かめた時奇妙な安息があった。

　そして手にしたものを両手で包むようにして持ち替えた自分が今何のために何をしようとしているのかを自らに諭すように反芻《はんすう》しながら自分が思っていた以上に落ち着いていることに満足していた。そして何かを慎重に確かめるように手にしたものの先端で左の乳房の下を探り当て、祈るようにゆっくり目をつむり引き金を引いた。


　使いから戻って倒れていた紀子を見つけた家政婦は仰天して敷地内に住む野口の家に駆け込み事を知った良子はまず会社にいる志郎に電話し事を告げついで同じ社内にいた野口にも伝えた。急遽《きゆうきよ》家に戻った二人は倒れたままの彼女を目にして絶句し立ち尽くした。

　彼女がまだ手にしている物を目にして、

「これは警察に知らせぬ訳にはいかないだろうな」

うめいてもらす野口に志郎も領かぬ訳にいかなかった。

かけつけた警官がまず注目して聞き質したのは彼女が手にしたままの凶器だった。それについては家の当主の志郎が説明し当然持ち主の明が呼び付けられた。急いで帰宅した明が不法の凶器の由来について率直に説明して謝罪したが彼の前歴からしてそれはそのまま受け入れられた様子だった。

野口が北原家に代って事が大袈裟《おおげさ》に伝わらぬように懇願し警察は当然彼女の自殺の訳について質してきたが誰しもが首を傾げ確たる説明を出来はしなかった。

彼女の遺書について質されもしたが彼女の居室にはそれらしきものは一切見つかりはしなかった。

警察の判断は野口からの強い要請もあってか名家の夫人の被災のストレスに耐えかねての心神耗弱《こうじゃく》による突発的な自殺として認定された。ただ明が所有していた拳銃は不法の所持として問題になりはしたが彼の軍人としての前歴やこれまでの経緯も酌量され物の没収と罰金ですまされた。

紀子が死んでからかなりの日数が過ぎてから律義な野口が彼女の四十九日の法要をすべきだと言いだしてくれた。志郎も喜んで同意し鎌倉のある寺での法要を決め彼女とゆかりのある者たちに参加願いの知らせを出した。

その前夜明日に着る筈の喪服を取り出し袖をとおしてみた時志郎は内ポケットに何やら分厚い書類らしきものが折り畳まれて入っているのに気がついた。取り出して見ると封筒で表の宛名は志郎だった。そして裏側に記された差し出し人はなんと今は亡き紀子だった。驚き急いで封を切った。

『この手紙が貴方のお目にとまる時には私はもうこの世にはいないでしょう。貴方をさしおいて私が先にこの世を去る訳はいろいろありますが、私はいろいろなことで疲れてこの先生きていく自信をなくしました。貴方のお許しのお陰でまた好きなピアノに携われるようになれたのは嬉しいことでしたが、あれは私にとって正しい選択だったかどうかは今でも分かりません。野口さんにすすめられて地方の小さなコンサートで弾くようになってからある時先生が教えていたスタジオにいって貴方のおばあさまの木の宮育子先生の演奏の記録を聞くことができショックを受けました。私なんぞの遠く及ばぬ素晴らしいものでした。先生も同じ気持ちだったと思います、だから私をことさらピアノから遠ざけてくれたのだと思います。

そんな私にいろいろな機会を与えてくれた野口さん、またそれを許してくれた貴方には心から感謝しています。

でも私のピアニストとしての限界をあの大きな地震が教えてくれたような気がしました。あの時明さんのお陰で私は生き延びることができましたが、あのコンサートマスターの中西さんのようにあそこで死んでいた方が良かったのかもしれません』

法事の席で皆の前で彼が彼女の遺書をそこまで読んだ時、

「それは違う、絶対に違うよ」

野口が遮って叫んだ。

「あの人は素晴らしかった、ある意味では師匠の孝子さんやその母親の育子さんをも凌げる資質を持っていたんだ。それをこの僕だけが見つけていたんだよ」

涙まで流して小さく叫ぶ夫の袖をひいてたしなめながら良子はまじまじ夫を見直していた。

「その続きはどうなの」

良子がたしなめるように志郎をせかした。

「後はのこされた我々へのただの頼みごとですよ」

明かすように手にした遺書をかかげてみせると、

「勝手に死んで勝手な頼みごとですな」

「どんなよ」

『お願いですから私の骨を、あの素晴らしい式根島のカンビキの入り江の沖の魚たちの行き交う外の海に散らして沈めてくださいませ。私はあの平木さんのシンフォニーの第三楽章のピアノのパートが堪らなく好きでした。あれを弾いている度あの海の底の景色を思い出していました。できればぜひもう一度私をあそこに連れて行ってくださいませ』

遺書はそこで終わっていた。

「それだけかね」

質した野口に、

「ああこれだけだよ」

「勝手な人だなあ」

「ああ勝手だな、でも許してやってくれよ」

「君が許せるなら、誰が咎められるかね」

「行きましょうみんなでまた。あの人のために是非とも」

身をのりだして明が言った。

その翌週の末四人は明のしたてたいつもの船で式根島の入り江に向かった。

海は凪《な》ぎわたり本土の湘南に比べはるか南の黒潮の当たる伊豆の島々は春めいていて緑も濃く陰気な前の季節を忘れさせてくれた。

水温を測り厚手のスーツを着こみカンビキ入り江を出て島の北側の海底の起伏の多い辺りにアンカーを打ち四人でゆっくり海に入った。岸から五十メートルほど離れた辺りから海底はなだらかに沖に向かって落ち込み三十五メートルほどの水深の辺りにいつか紀子が座り込み魚たちに見とれていた小さな棚があった。しばらくすると飛魚の群れが通り過ぎさらに間をおいて今度はそれを追ってヒラマサの群れが現れた。

明に促され皆は彼が袋にいれて持ち込んでいた紀子の骨をそれぞれ手摑みして足元の潮の流れに乗せてばらまいた。骨たちは風に吹かれ散る花たちのように潮に巻かれて散り初め魚たちのある者はそれを餌《えさ》と見間違えてくわえてもいた。

そして間もなく骨たちは緩やかな潮に紛《まぎ》れて雪のように四散し目のとどかぬ海の底に消えていった。

文庫特別あとがき　『湘南夫人』をいま読み返して

石原良純

親父のお骨が我が家へやって来た夜、夢を見た。

誰もいない実家に、お骨を放置しておくわけにはいかない。四十九日の法要まで兄弟四人で順番に、お骨を預かることになったのだ。僕が膝に骨壺を抱き、隣で息子が遺影を抱いて斎場から家に戻った。

白布で覆った和室の斎壇にお骨を安置したところで、「お父様、今日は静かね」と妻が呟《つぶや》いた。なるほど、いつもならば夕暮れ時にやって来た親父は、「飯はまだか」「ビールだけでも先に出せ」と声を荒らげていたに違いない。遺影の父はあくまでも優しくにこやかに笑っていた。

そんな長い一日が終わって、僕は早々床に就き、呆気ないほど簡単に眠りに落ちた。ところが夜半、穏やかな夜の様相が一変する。暗闇の空に閃光が走ったかと思ったら爆発音のような雷鳴が鳴り響いた。稲妻が闇を切り裂いて街路樹をなぎ倒し火花を上げる。続けて向かいのビルの避雷針に吸い込まれるように二発目が着弾した。あっと身構えた瞬間、今度はガタガタと家が揺れる。どうやら我が家に雷が直撃したようだ。そこで僕は、やっとこれが夢であることに気がついた。大地を揺るがすような激しい夢。それは正《まさ》しく、お骨となっても有り余った親父のエネルギーの放出だったのだと僕は解釈している。

すい臓がんの再発が分かり、三ヵ月の余命宣告を受けても親父は全く変わらなかった。「薬を早く持って来い」と看護師さんを怒鳴り、「食事がまずい」と介護士さんを怒鳴り、「何しに来た」と見舞いに訪れた僕らを怒鳴る。果ては訪問ドクターに「たかだか一年の付き合いのお前に俺の何が分かる。俺は自分の体と八十九年付き合っているのだ」と怒鳴っていた。医者であるウチの妻も、あんな患者さんは見たことがないと驚嘆していた。

幸いにも親父のがんの痛みは最後までさほどたいしたものではなかったようだ。だが、鈍痛や体のだるさは四六時中、取れなかったに違いない。それでも、あれだけ人に強く接することができるエネルギーを持続していた。そんな生命力があればこそ、石原慎太郎は石原慎太郎らしく八十九年の生涯を完《まっと》うできたのだ。

本作は二〇一八年頃の作品だから、脳梗塞の発作は経験した後だが、まだまだ気力は充実していた。ただ思うように動かぬ左手にいら立ちながら、ワープロのキーボードを叩いていたのだろう。

親父は亡くなる数日前まで、介護士さんに頼み、車椅子に移動して机に向かい、原稿書きに勤《いそ》しんでいた。ある時、僕と見舞いに同行した娘は、偶然ワープロの画面の文字を目にした。

男は唇で口を塞ぐと乳房を揉《も》み拉《しだ》き、彼女を畑に押し倒した……。

女子高生にはいささか刺激が強すぎる文に、「オーちゃん（孫たちの祖父の呼び名）なかなか激しいね」と娘は僕に耳うちして、ケラケラと笑いながらワープロ画面と不機嫌にベッドに横たわる親父の顔を見比べていた。本作品にも、そんなシーンが登場する。男は強く、逞《たくま》しく、女性にモテなければならない。それが親父の実践経験なのか願望なのかは知らないが、いかにも親父好みの場面や台詞《せりふ》が本作品でも展開する。

僕は六十年の親父との交わりのなかで、叱られたことも、誉《ほ》められたこともあまり覚えていない。唯一、誉められた記憶といえば、三十余年前に僕が初めてスポーツ紙のコラムを連載し始めた時のことだろうか。

それまで映画に出るだの、テレビに出るだのと話しても、何かれと口をはさむでもなく、親父は興味を示さなかった。それが連載を始めると言うと、新聞社に渡す前にいくつかの原稿をまず俺に見せろと言われた。普段は子供の行動に一切干渉しない親父にしては珍しいこともあるものだと、僕は書き溜めてあった何本かを親父に渡した。

それから数日過ぎたある日、当時はまだ実家に同居していた僕は朝の洗面所で親父と並んで歯を磨いていた。すると、一足先に口をゆすいだ親父がポツリと、お前らしい文章だなと言って去っていった。

息子がみっともない文章を晒《さら》すのは、作家の父としては居ても立ってもいられない。事前にチェックして、原稿に直しの赤ペンが細かく入って返ってくるものだとばかり思っていた。それが〝お前らしい〟の一言だけを頂いた。これは僕の文章が親父に認知されたのだ、僕は親父に誉められたのだと解釈した。

そんな台詞を親父から聞いて、改めて自分で書いたコラムを読んでみる。確かに千字にも満たない文章の中に、僕はこういう話し方をするな、僕はこういう言葉を選ぶな、と自分自身が自分らしいと思える箇所に幾つか気がついた。なるほど名は体を表すではないが、描いた文章がその人を表すということを知った。

そして今度は、親父の文章を読んで笑ってしまった。何しろ親父の文章には親父らしさが満載なのだ。もちろん作家が描く物語は、作り話に違いない。だが、そこには隠しきれない作家自身の痕跡が残る。石原慎太郎なる人物を身近に見ながら、その人の文章を読む僕は、他の読者とはちょっと違った慎太郎作品の楽しみ方ができるのかもしれない。

もちろん親父の生前に、親父の作品について話したことなどない。というよりも、親父と何かについて語り合った覚えがない。学校の進路のことも、映画に出ないかと誘われたことも、石原プロに入ることも、ことさらに親父と話す時間はなかった。僕は一度だけ、大決心して親父に相談事をしたことがある。僕が長年、付き合っていた、親父もよく知っていた彼女との別れ話の相談だった。その時、黙って僕の話を聞いていた親父からは結局、何も言葉は返ってこなかった。

だから僕は、テレビ番組の力を借りて親父に長編インタビューを試みたことがある。しかし、僕のインタビュアーとしての力不足もあって「人間は自分の感性のままに生きる」という、いつもの答えしか引き出せなかった。〝感性のままに〟と言われても、それは自分で考えて自分の思うように行動せよということ。つまり息子の相談には、からきし乗ってくれなかったということだ。

僕は考えた。僕と親父が語り合えないということは、僕が親父にとって語るにたる人間ではないということなのか。ならば、語るにたる人、つまり生前、親父と親交の深かった人に親父の話を聞くことにした。そんな方々に我が家にお骨があることをお知らせして、お線香をあげに来て頂くことをお願いした。

僕の念頭に浮かんだのは、元日本維新の会代表の橋下徹《はしもととおる》氏と幻冬舎社長の見城徹《けんじようとおる》氏のお二人。お一人は政界の盟友であり、もう一人は、父が長年公私ともにお世話になった大編集者だ。貴重な時間を頂いて、橋下氏には政治家としての親父の生き様を、見城氏には、作家石原慎太郎の姿を語って頂いた。しかし二回の会談の最後は、僕が親父に対する愚痴を二氏に聞いてもらう、ヘンな時間になってしまった。

しかし、親父の死から二ヵ月たって、僕は改めて気がついた。

三十余年前、叔父・石原裕次郎《ゆうじろう》の葬儀で親父は、海をこよなく愛した弟を想い、海を見たら裕次郎を思い出して下さいと挨拶した。裕次郎は海にいる。ならば、石原慎太郎は石原作品の中にいる。石原文学のページを開けば、僕はいつでも親父と話ができる。

●本書は二〇一九年九月に、小社より刊行されました。文庫化にあたっては、故人の当時の執筆意図に鑑み、原文を尊重しました。

|著者| 石原慎太郎　1932年兵庫県生まれ。一橋大学卒業。'55年、大学在学中に執筆した「太陽の季節」により第1回文學界新人賞を受賞しデビュー。翌年同作で芥川賞受賞。『亀裂』『完全な遊戯』『死の博物誌　小さき闘い』『青春とはなんだ』『刃鋼《はがね》』『日本零年』『化石の森』『光より速きわれら』『生還』『わが人生の時の時』『弟』『天才』『火の島』『私の海の地図』『凶獣』『あるヤクザの生涯　安藤昇伝』『宿命《リベンジ》』など著書多数。作家活動の一方、'68年に参議院議員に当選し政界へ。後に衆議院に移り環境庁長官、運輸大臣などを歴任。'95年に議員を辞職し、'99年から2012年まで東京都知事在任。'14年に政界引退。'15年、旭日大綬章受章。2022年2月逝去。

湘南《しようなん》夫人《ふじん》

石原《いしはら》慎太郎《しんたろう》

講談社文庫
定価はカバーに
表示してあります

2022年5月13日第1刷発行

発行者——鈴木章一
発行所——株式会社　講談社
東京都文京区音羽2-12-21　〒112-8001
電話　出版（03）5395-3510
　　　販売（03）5395-5817
　　　業務（03）5395-3615

KODANSHA

デザイン—菊地信義
本文データ制作—講談社デジタル製作
印刷———株式会社KPSプロダクツ
製本———株式会社国宝社

Printed in Japan

ISBN978-4-06-528007-2

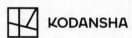

講談社文庫刊行の辞

二十一世紀の到来を目睫に望みながら、われわれはいま、人類史上かつて例を見ない巨大な転換期をむかえようとしている。

世界も、日本も、激動の予兆に対する期待とおののきを内に蔵して、未知の時代に歩み入ろうとしている。このときにあたり、創業の人野間清治の「ナショナル・エデュケイター」への志を現代に甦らせようと意図して、われわれはここに古今の文芸作品はいうまでもなく、ひろく人文・社会・自然の諸科学から東西の名著を網羅する、新しい綜合文庫の発刊を決意した。

激動の転換期はまた断絶の時代である。われわれは戦後二十五年間の出版文化のありかたへの深い反省をこめて、この断絶の時代にあえて人間的な持続を求めようとする。いたずらに浮薄な商業主義のあだ花を追い求めることなく、長期にわたって良書に生命をあたえようとつとめるところにしか、今後の出版文化の真の繁栄はあり得ないと信じるからである。

同時にわれわれはこの綜合文庫の刊行を通じて、人文・社会・自然の諸科学が、結局人間の学にほかならないことを立証しようと願っている。かつて知識とは、「汝自身を知る」ことにつきていた。現代社会の瑣末な情報の氾濫のなかから、力強い知識の源泉を掘り起し、技術文明のただなかに、生きた人間の姿を復活させること。それこそわれわれの切なる希求である。

われわれは権威に盲従せず、俗流に媚びることなく、渾然一体となって日本の「草の根」をかたちづくる若く新しい世代の人々に、心をこめてこの新しい綜合文庫をおくり届けたい。それは知識の泉であるとともに感受性のふるさとであり、もっとも有機的に組織され、社会に開かれた万人のための大学をめざしている。大方の支援と協力を衷心より切望してやまない。

一九七一年七月

野間省一

講談社文庫 最新刊

堂場瞬一 **動乱の刑事**

駐在所爆破事件の裏に「警察の闇」。刑事と公安の正義が対立する！ シリーズ第二弾。

高田崇史 **鬼統べる国、大和出雲** 古事記異聞

杵築大社から始まったフィールドワークが奈良で大詰めを迎え、出雲王朝が真の姿を現す！

夏原エキジ **Cocoon** 京都・不死篇―蠢《しゅん》―

敵は、京にいる。美貌の隻腕の剣士・瑠璃《るり》の前に、不気味な集団「夢幻衆」が立ちはだかる。

赤松利市 **東京棄民**

最凶の新型コロナウイルス・東京株が出現！万策尽きた政府は、東京を見捨てることに。

秋川滝美 **ヒソップ亭** 湯けむり食事処

老舗温泉旅館の食事処で、気の利いた旨い料理に名酒、そしてひとときの憩《いこ》いをどうぞ。

石原慎太郎 **湘南夫人**

湘南を舞台に、巨大企業グループを擁《よう》する一族の栄枯盛衰を描いた、石原文学の真骨頂。

滝口悠生 **高架線**

三郎はなぜ失踪したのか。古アパートの住人らがつぎつぎと語りだす、16年間の物語。

武内涼 **謀聖 尼子経久伝** 風雲の章

大望の前に立ち塞がる出雲最大の領主・三沢一門。経久の謀略が冴える歴史巨編第二弾！

講談社文庫 最新刊

決戦！シリーズ
決戦！賤ヶ岳
羽柴秀吉《はしばひでよし》と柴田勝家《しばたかついえ》が対陣した「もう一つの天下分け目」。七人槍の首獲り競争を活写！

加茂隆康
密告の件、Ｍへ
殺人事件の被害者が残した「密告の件」とは？気鋭の若手弁護士が法曹界の腐敗に切り込む。

古波蔵保好
料理 沖縄物語
四季折々の料理を調《とと》える人、そのひと皿をともに味わう人たち。料理の記憶を描く名著。

斎藤千輪
神楽坂つきみ茶屋4
頂上決戦の七夕料理

つきみ茶屋のライバル店が出現！ オーナーは玄を殺した黒幕!? 激動のシリーズ第四弾！

西村賢太
瓦礫の死角
父の罪によって瓦解した家族。17歳、無職・北町貫多の次の行動は……。傑作「私小説」集。

講談社タイガ

綾里《あやさと》けいし
偏愛執事《へんあいしつじ》の悪魔《あくま》ルポ
犯罪被災体質のお嬢様×溺愛系執事!? 天使と悪魔の推理がせめぎ合うミステリー！

汀こるもの
探偵は御簾《みす》の中
白桃殿《はくとうでん》さまご乱心

危険な薬を都に広める兄嫁を止めろ。ヘタレな夫と奥様名探偵の平安ラブコメミステリー。

高橋たか子

亡命者

神とは何かを求めパリに飛び立った私。極限の信仰を求めてプスチニアと呼ばれる、日常生活一切を捨て切った荒涼とした砂漠のような貧しく小さな部屋に辿り着く。

解説=石沢麻依　年譜=著者

たL5

978-4-06-527751-5

高橋たか子

人形愛／秘儀／甦りの家

夢と現実がないまぜになって、背徳といえるような美しい少年と女のエロスの交歓。透明な内部の実在、幻想美溢れる神秘主義的世界を鮮やかに描く、華麗なる三部作。

解説=富岡幸一郎　年譜=著者

たL4

978-4-06-290285-4

芥川龍之介　藪の中
有吉佐和子　新装版 和宮様御留
阿刀田　高　ナポレオン狂
阿刀田　高　新装版 ブラック・ジョーク大全
安房直子　春の窓〈安房直子ファンタジー〉
相沢忠洋　「岩宿」の発見〈幻の旧石器を求めて〉
赤川次郎　偶像崇拝殺人事件
赤川次郎　人間消失殺人事件
赤川次郎　三姉妹探偵団
赤川次郎　三姉妹探偵団2〈キャンパス篇〉
赤川次郎　三姉妹探偵団3〈珠美・初恋篇〉
赤川次郎　三姉妹探偵団4〈怪奇篇〉
赤川次郎　三姉妹探偵団5〈復讐篇〉
赤川次郎　三姉妹探偵団6〈危機一髪篇〉
赤川次郎　三姉妹探偵団7〈駈け落ち篇〉
赤川次郎　三姉妹探偵団8〈人質篇〉
赤川次郎　三姉妹探偵団9〈青ひげ篇〉
赤川次郎　三姉妹探偵団10〈父恋し篇〉
赤川次郎　死が小径をやってくる〈三姉妹探偵団11〉

赤川次郎　死神のお気に入り〈三姉妹探偵団12〉
赤川次郎　次女と野獣〈三姉妹探偵団13〉
赤川次郎　心地よい悪夢〈三姉妹探偵団14〉
赤川次郎　ふるえて眠れ、三姉妹〈三姉妹探偵団15〉
赤川次郎　三姉妹、呪いの道行〈三姉妹探偵団16〉
赤川次郎　三姉妹、初めてのおつかい〈三姉妹探偵団17〉
赤川次郎　恋の花咲く三姉妹〈三姉妹探偵団18〉
赤川次郎　月もおぼろに三姉妹〈三姉妹探偵団19〉
赤川次郎　三姉妹、ふしぎな旅日記〈三姉妹探偵団20〉
赤川次郎　三姉妹、清く貧しく美しく〈三姉妹探偵団21〉
赤川次郎　三姉妹と忘れじの面影〈三姉妹探偵団22〉
赤川次郎　三姉妹、舞踏会への招待〈三姉妹探偵団23〉
赤川次郎　三人姉妹殺人事件〈三姉妹探偵団24〉
赤川次郎　三姉妹、さびしい入江の歌〈三姉妹探偵団25〉
赤川次郎　静かな町の夕暮に
赤川次郎　キネマの天使〈レンズの奥の殺人者〉
新井素子　グリーン・レクイエム〈新装版〉
安能務 訳　封神演義 全三冊
安西水丸　東京美女散歩

綾辻行人　殺人方程式〈切断された死体の問題〉
綾辻行人　鳴風荘事件 殺人方程式II
綾辻行人　十角館の殺人〈新装改訂版〉
綾辻行人　水車館の殺人〈新装改訂版〉
綾辻行人　迷路館の殺人〈新装改訂版〉
綾辻行人　人形館の殺人〈新装改訂版〉
綾辻行人　時計館の殺人〈新装改訂版〉
綾辻行人　黒猫館の殺人〈新装改訂版〉
綾辻行人　暗黒館の殺人 全四冊
綾辻行人　びっくり館の殺人
綾辻行人　奇面館の殺人 (上)(下)
綾辻行人　どんどん橋、落ちた〈新装改訂版〉
綾辻行人　緋色の囁き〈新装改訂版〉
綾辻行人　暗闇の囁き〈新装改訂版〉
綾辻行人　黄昏の囁き〈新装改訂版〉
綾辻行人ほか　7人の名探偵
我孫子武丸　探偵映画
我孫子武丸　新装版 8の殺人
我孫子武丸　眠り姫とバンパイア

2022年3月15日現在